DU MÊME AUTEUR

Aux Éditions Gallimard

LE RÔLE D'ACCUSÉ, *essai.*

LES MONSTRES, *roman.*

LIMELIGHT (Les feux de la rampe), *roman.*

LES EMBUSCADES, *roman.*

LA VOIE ROMAINE, *roman.*

LE SILENCE, *nouvelles.*

LE PALAIS D'HIVER, *roman.*

AVANT UNE GUERRE, *roman.*

UNE MAISON PLACE DES FÊTES, *nouvelles.*

CINÉ-ROMAN, *roman.*

LE MIROIR DES EAUX, *nouvelles.*

LA SALLE DE RÉDACTION, *nouvelles.*

UN AIR DE FAMILLE, *récit.*

LA FOLLIA, *roman.*

Aux Éditions Pierre Horay

ISCAN

Aux Éditions Seghers

CLAUDE ROY

LA FIANCÉE
DE FRAGONARD

ROGER GRENIER

LA FIANCÉE DE FRAGONARD

nouvelles

nrf

GALLIMARD

Il a été tiré de l'édition originale de cet ouvrage
dix-sept exemplaires sur vélin d'Arches Arjomari-Prioux
numérotés de 1 *à* 17.

La bonne aventure

Quand nous sommes arrivés à S., nous avons connu de drôles de gens. Il est vrai que, nous aussi, nous étions à part. Ma marraine, qui m'avait élevé, était cartomancienne. Elle était veuve, ou quelque chose comme ça. Enfin, elle n'avait plus de mari. Mes parents étaient de grands amis à elle. Ils s'étaient tués en hydravion en prenant le baptême de l'air, au-dessus du bassin d'Arcachon, où nous étions en vacances, et elle m'avait recueilli.

Les débuts dans une ville nouvelle ne sont pas faciles, quand on fait le métier de ma marraine. Il faut tout savoir sur les gens, et pas seulement ce qu'ils vous racontent. Les secrets d'une ville ne se découvrent pas en un jour. Il est vrai que ma marraine était assez forte. Elle devinait, elle reconstituait. Si nous n'avions pas été bien placés pour savoir à quoi nous en tenir, j'aurais dit qu'elle était extralucide.

Notre villa se trouvait dans un nouveau quartier, mais pas loin du centre. Ma marraine avait mis une plaque sur la grille et avait fait paraître quelques placards de publicité dans la presse locale. On sonna. J'allai ouvrir à notre premier client. Devant moi se dressa un personnage d'un autre temps, un demi-solde de l'armée de Napoléon. Grand, un peu voûté, jeune pourtant, il portait une redingote bleue croisée, un pantalon gris à sous-pied, un chapeau haut de forme taupé, une canne qui était peut-être bien une canne-épée. Ses cheveux, très noirs, tombaient sur ses épaules. Il avait les yeux enfoncés dans les orbites. Je crus un instant que je voyais l'homme à l'oreille cassée, revenu de sa longue hibernation. Il me demanda timidement à être reçu, pour une consultation. Comme je devais avoir l'air ahuri, il m'expliqua.

– Vous trouvez ma tenue étonnante.

– C'est-à-dire qu'elle n'est pas des plus modernes.

– Au contraire. Je n'appelle pas modernes les gens qui continuent à s'habiller comme tout le monde. Moi, je fais preuve d'esprit moderne en m'habillant comme il me plaît. J'aime beaucoup l'époque de la Restauration, alors j'en porte le costume.

Le demi-solde devint un assidu de la maison et je découvris ses autres particularités. Il était le dernier descendant d'une famille plus ou moins noble, avait été couvé par sa mère, se trouvait fort désemparé depuis qu'elle était morte, et mangeait son petit capital sans être capable d'imaginer ce qu'il ferait quand il serait arrivé au bout.

– Je ne suis jamais allé à l'école, révéla-t-il. Je ne supporte pas la contrainte. Ma mère m'a appris à lire.

– Moi, je viens d'avoir mon bac et je vais partir pour l'Université en novembre. Ma marraine tient à ce que je fasse des études sérieuses.

Pour le moment, je servais de portier.

Dans le salon d'attente, il y avait un piano. Le demi-solde me demanda :

– C'est vous qui en jouez ?

– Oui, un petit peu. Et vous, vous aimez la musique ?

– Beaucoup.

– Quels sont vos musiciens préférés ?

– Je n'aime que la musique militaire. Et j'ai même un phonographe d'ancien modèle, avec un grand pavillon en cuivre, pour mieux entendre la sonorité des clairons. Vous connaissez *Le rêve passe,* de Krier ?

Un jour, dans une rue, je vis des gamins poursuivre le demi-solde en lui criant des insultes. Il pressait le pas, avec ses grandes jambes serrées dans son pantalon gris, les pans de sa redingote claquant sur ses cuisses. Parfois il se retournait et brandissait sa canne. Mais les enfants, à distance, n'en criaient que plus fort. En ville, on l'appelait Alfred de Musset.

– Il vient tout le temps, disais-je à ma marraine. Que te veut-il ?

– Il se trouve dans une situation désespérée. Et mes conseils ne servent à rien. Il n'a aucune volonté, aucune imagination, et refuse de penser qu'un jour, il faudra qu'il cesse de vivre comme il vit. C'est une paralysie de l'esprit. Il m'agace, et en même temps, il me fait pitié. Je ne lui fais même plus payer ses consultations.

– Tu m'as toujours dit que c'était un très mauvais principe.

Régulièrement, le demi-solde m'annonçait combien d'argent il lui restait. Il ajoutait :

– Et pourtant, j'ai des dépenses. J'use beaucoup

d'eau de Cologne. Et je ne prends pas n'importe quelle marque. Celle que j'emploie est coûteuse.

– Dans quelques mois, ce sera fini, vous n'aurez plus rien. Que ferez-vous alors ?

– Je ne sais pas.

Un jour, il arriva triomphant :

– J'ai découvert la solution. Je vais me marier.

– Vous avez trouvé une femme ?

– Non, mais vous m'en trouverez bien une.

Il soupira et dit à ma marraine :

– Voyez-vous, ce qu'il me faudrait, c'est une femme comme vous.

– C'est tout ce que vous avez inventé ?

– Je veux dire, pas forcément vous, mais une cartomancienne. Je connais les tarots. Nous pourrions ouvrir un cabinet ensemble, ma femme et moi. À nous deux, nous aurions beaucoup de succès. Vous n'avez pas une collègue qui voudrait se marier ?

Ma marraine promit de chercher. Je crois qu'elle le fit, mais comment pouvait-elle réussir ?

Un autre client avait lui aussi une étrange apparence. Grand et fort, le nez bourbon, la paupière lourde, le visage orné d'une moustache en croc et d'une impériale, il portait un feutre à large bord et une lavallière. Je crus d'abord qu'il s'agissait d'un poète local. Et ma sagace marraine fut elle aussi mise en défaut.

– Vous êtes un félibre.

– Moi, un félibre ? Chère madame, je vais douter de votre don de double vue, ou plus simplement de votre connaissance de notre ville. Tout le monde sait qui je suis. Voyons, vraiment, vous ne savez pas ?

– J'avoue que, pour une fois...

– L'emmerdeur !

– Que dites-vous ?

– Je suis l'entrepreneur de vidanges.

Cet homme riche, pour qui la symbolique freudienne prenait tout son sens, car les excréments étaient son or, était l'ami intime et le protecteur d'un curieux ménage. Elle, Yvonne, était une grosse blonde encore fraîche, et le mari, Oscar, un tout petit homme, presque un nain. Le petit homme semblait déjà usé, les paupières bordées de rouge, le crâne chauve, le nez et la lèvre pendants. Il paraît qu'il n'avait rien fait de bon dans sa vie, et qu'il avait toujours trop bu. L'entrepreneur lui avait trouvé un poste dans son affaire, de vagues fonctions qui permettaient de l'expédier pour deux ou trois jours dans les villes voisines.

Il m'arrivait d'aller chez le petit homme – *enanito,* comme nous le surnommions entre nous en espagnol, ma marraine et moi. Yvonne, d'un naturel angoissé, sous ses apparences de bonne grosse, faisait souvent demander à la voyante des avis qui ne pouvaient attendre. Elle déposait un mot sous notre porte et ma marraine écrivait une réponse qu'elle me chargeait de porter. Ou tout bonnement, comme je ne connaissais pas grand monde dans la ville, j'entrais chez eux en passant, histoire de voir des têtes familières.

Presque toujours, l'entrepreneur était là. Il arrivait à l'heure des repas, s'invitait, apportait une bonne bouteille ou un gâteau. À table, il semblait le maître de maison. Un soir, je les trouvai tous les trois passablement ivres. Yvonne était sur les genoux de l'entrepreneur et lui avait passé les bras autour du cou. À moitié endormi sur sa chaise, ses petits bras appuyés sur la table, parmi les restes d'un festin, le nain souriait aux anges, comme un bébé qui vient de faire son rot.

Je disais à ma marraine :

– Cela sent le drame. Un jour, ils vont tuer le nain...

– Ce n'est pas un nain, tout au plus un petit homme.

– Toi-même, tu l'appelles *enanito*. Je crois qu'ils vont tuer le nain pour être libres. Ou bien le nain et Yvonne sont complices, ils attirent l'entrepreneur, et ils vont le tuer pour prendre son argent.

– Non, crois-moi, ils s'arrangent très bien comme cela.

– Alors, c'est dégoûtant.

– Tu es jeune. Si tu es intelligent, comme je le crois, la vie t'apprendra rapidement à ne plus juger personne.

– Mais pourquoi fréquentes-tu ces gens-là ?

– On ne choisit pas. Les circonstances, le hasard le font pour nous. Quand nous sommes arrivés ici, nous ne connaissions personne. Il se trouve que c'est avec eux que des relations se sont nouées presque toutes seules.

– Je n'aime pas cette ville et ses habitants. Ceux que nous connaissons sont grotesques, et je n'y ai pas un ami.

– Tu crois à l'amitié ?

– Tu annonces bien la venue d'un ami, quand tu tires tes cartes.

– Le plus souvent, l'amitié n'est qu'une routine, une habitude.

Je ne comprenais rien : pourquoi les gens s'aiment, et pourquoi ils ne s'aiment pas. Finalement, je faisais comme ma marraine. Je fréquentais la maison du nain, je bavardais avec le demi-solde.

J'allais au plus facile. Comme j'étais jeune, je méprisais un peu ces gens. Aujourd'hui, je me rends compte que je les ai adoptés, puisque je les ai intégrés à la chronique de mon passé, que je ne les ai pas rejetés dans l'oubli. À l'époque, je disais :

– Tout de même, ils sont bizarres.

– Je ne trouve pas, assurait ma marraine. Ils sont comme tout le monde.

Elle parlait du demi-solde à l'entrepreneur et cherchait à l'apitoyer sur son sort. Elle lui fit part de son projet d'épouser une cartomancienne.

– Vous qui connaissez tout le département, vous ne voyez pas quelqu'un pour lui ?

– C'est un bon à rien. Ce qui lui manque, c'est d'avoir fait son service. Au régiment, on l'aurait dressé, et il aurait perdu le goût de ses accoutrements ridicules. Je voudrais le mettre, ne serait-ce que huit jours, à faire la tournée avec mes hommes, sur une de mes pompes à merde. Après, je pourrais peut-être avoir de la considération pour lui.

Il avait beau s'être fait lui-même une tête anachronique, avec son impériale et sa lavallière, il était comme tous nos compatriotes, et n'admettait pas la fantaisie vestimentaire de ce pauvre garçon.

Une autre de nos relations, à l'époque, fut un ingénieur des Ponts et Chaussées, un grand diable avec une tête en forme de poire, ornée de lunettes à verres concaves épais. Sa myopie était forte et il avait l'esprit un peu lent. Il aimait à discourir de son métier et voulait nous éblouir avec la technique. Si on l'avait laissé, il nous aurait assommés avec de vrais exposés de mathématiques. Mais il est évident qu'il ne venait pas chez ma marraine pour l'entretenir uniquement de courbes logarithmiques ou d'équations exponentielles. Il avait besoin de parler de sa femme. Il la trouvait paresseuse, dépensière, désordonnée. Il en était jaloux et pensait qu'elle le trompait, pendant qu'il était sur les chantiers. Mais il l'aimait. Et parler d'elle, fût-ce pour la critiquer, était pour lui une manie si impérieuse que, devant avoir lassé tous les confidents, il en était venu à s'offrir des consultations chez ma marraine, pour être sûr d'avoir quelqu'un qui veuille bien l'écouter. Il semblait ne pas faire grand cas des avis de la cartomancienne, les entendre à peine. Ce qu'il voulait, c'était refaire inlassablement le répertoire des qualités et des défauts de son épouse. Il ne taisait même pas ses particularités physiques les plus secrètes.

– Vous ne me croirez pas, elle a une toison comme aucune autre femme n'en a jamais eu. Si longue et si épaisse que je suis obligé de la couper de temps en temps avec des ciseaux !

Il disait cela sur un ton un peu fâché, derrière ses lunettes, comme s'il s'agissait d'une nouvelle contrariété venant s'ajouter à celles que son épouse lui infligeait, par pure malice.

Après son départ, ma marraine soupirait :

– Quel imbécile !

Et moi, je n'avais pas fini de rêver à la toison noire de la femme de l'ingénieur. Elle aussi venait de temps en temps consulter la cartomancienne, moins souvent que son mari, il est vrai. Mais quelle femme n'a pas envie de rêver sur l'avenir ? Les hommes étaient plutôt rares dans notre clientèle. Le demi-solde, l'entrepreneur et l'ingénieur étaient des exceptions.

C'était une Catalane brune, à la peau noire. Je lui ouvrais la porte, je rencontrais son regard souriant, et je rougissais presque en me disant qu'elle ne savait pas que j'étais en train de penser à la luxuriante toison de son ventre.

Par souci professionnel, ma marraine n'oubliait jamais d'interroger ses clients les uns sur les autres. L'entrepreneur de vidanges nous apporta une révélation sur la femme de l'ingénieur :

– Quand son mari n'est pas là, elle reçoit des hommes chez elle, contre de l'argent. Elle fait des passes, quoi !

Nous ne mîmes pas une seconde ces propos en doute. Je trouvais que l'ingénieur ne l'avait pas volé. Il était tellement prétentieux, avec ses mathématiques. Ainsi, il suffisait d'un peu d'argent pour voir la toison excessive, la toucher, l'emmêler dans ses doigts. Je n'avais pas d'argent, mais je me pris à espérer que la femme de l'ingénieur m'accorderait pour rien ce qu'elle faisait payer aux autres. N'étais-je pas une relation, presque un ami ? Il suffirait de sonner chez elle, un après-midi, de feindre d'avoir quelque chose à dire à son mari, dont je savais parfaitement qu'il ne serait pas là, d'engager la conversation, et si je n'étais pas trop bête...

Je passai à l'exécution. Je traversai la ville, jusqu'à sa rue. Elle habitait une vieille maison, avec des balcons de bois, et dans la cour, des galeries de bois à l'espagnole. Je montai jusqu'au deuxième étage. Je sonnai. Mais personne ne répondit. Au bout d'un très long moment, je sonnai de nouveau. Toujours rien. Il n'y avait donc personne. J'allais redescendre, argonaute dépité, quand j'entendis des pas dans l'escalier et je me dis : c'est peut-être elle qui rentre. Au tournant du palier, je vis apparaître le grand chapeau et la lavallière de l'entrepreneur.

– Si vous allez chez l'ingénieur, dis-je, il n'est pas là. Il n'y a personne.

– Tant pis. J'avais quelque chose à lui dire.

– Moi aussi. J'avais une commission pour lui.

Je n'eus pas l'occasion de retourner chez la femme de l'ingénieur. Nous avions remarqué depuis peu que le demi-solde venait moins souvent chez nous. Un soir, l'entrepreneur fit irruption, si excité qu'il tiraillait sa barbiche.

– Vous ne connaissez pas la nouvelle ? La femme de l'ingénieur est partie avec le simple d'esprit.

– Avec qui ?

– Alfred de Musset. Il paraît qu'ils ont filé à Paris.

– Le malheureux !

– Qui ça ? L'ingénieur ?

– Non. Je veux parler du demi-solde. Elle l'a emmené pour le plumer du peu d'argent qui lui reste.

Au plus fort de sa douleur, l'ingénieur vint faire des reproches à la cartomancienne :

– Vous ne m'aviez pas prédit qu'elle partirait.

– Je ne voulais pas vous faire de la peine.

Pauvre réponse. L'ingénieur obtint bientôt sa mutation pour une autre ville, et nous ne le revîmes plus. Malchanceuse, ma marraine n'avait pas prévu davantage ce qui allait arriver dans le ménage à trois. Ni le bonheur éternel qu'elle promettait, ni les massacres que je redoutais ne se produisirent. Le nain eut une attaque et mourut au bout de quelques jours, de façon tout à fait naturelle, semblait-il. Yvonne pleura beaucoup. Pendant l'agonie, ma marraine se précipita pour veiller le mourant. C'était un de ses plus graves défauts. Dès qu'il y avait un malade, un décès dans le quartier, elle y courait et se croyait indispensable. Reprenant une expression que j'avais dû trouver dans quelque vieux livre, je lui disais :

– Tu es une ravaudeuse de linceuls.

Une fois le petit homme enterré – je m'étonnai en voyant sa bière qui était de taille normale, je m'attendais à un cercueil d'enfant –, je fis part de mes réflexions à ma marraine :

– Yvonne et l'entrepreneur vont enfin pouvoir s'aimer tranquillement.

– Ce n'est pas sûr. Ils avaient construit quelque chose de compliqué, mais qui tenait en équilibre.

Peu de temps après la mort d'Oscar, Yvonne se mit à dépérir. Elle devint maigre et jaune.

– Une maladie de femme, disait ma marraine.

Elle fut emportée en quelques mois. Les dernières nuits, ma marraine ne put s'empêcher d'aller la veiller. Et d'aller la contempler une dernière fois, étendue toute froide dans la mort. Yvonne rejoignit son petit mari au cimetière et l'entrepreneur resta seul. Je n'aimais pas beaucoup ces gens et leurs manières, mais ils n'en étaient pas moins dignes de pitié. S'il était vrai qu'ils avaient trouvé une sorte de bonheur, il ne leur avait pas été donné pour longtemps, et en cela, oui, ils ressemblaient à tout le monde.

Le demi-solde revint de Paris, seul. Il était maigre, les yeux encore plus enfoncés dans les orbites. Je remarquai que ses habits antiques étaient râpés. Cette fois, ma marraine ne s'était pas trompée dans ses prédictions. La femme de l'ingénieur avait croqué tout son argent, puis l'avait renvoyé.

– Je suis revenu en voyageant sans billet, dit-il.

Il était désemparé, ne voyait plus d'issue.

Un soir, comme je rentrais, je vis que ma marraine m'attendait, un peu inquiète :

– Dis-moi, tu avais des achats à faire, tu as pris de l'argent ?

Elle rangeait sa recette dans une boîte en tapisserie qui restait sur un guéridon du salon, comme si elle avait contenu du fil et des aiguilles. Elle avait une théorie là-dessus et prétendait que les choses sont d'autant plus en sécurité qu'elles ne sont pas cachées.

– Non.

– Il manque plusieurs billets.

Elle passa en revue les visiteurs qu'elle avait eus dans l'après-midi. Le demi-solde était venu.

– Le pauvre type, dis-je. Que vas-tu faire ?

– Il va m'entendre. C'est une bonne occasion de lui dire que la plaisanterie est terminée. Il faut qu'il sorte de son rêve et qu'il se mette à travailler.

– C'est impensable.

– Tu as raison, c'est impensable.

Ma marraine n'eut d'ailleurs pas l'occasion de faire sa leçon de morale. Nous apprîmes le lendemain que le demi-solde avait été arrêté. N'ayant plus du tout d'argent, il avait perdu la tête. Il était d'abord allé chez nous et avait pris des billets dans la boîte en tapisserie. Puis il s'était rendu chez le parfumeur où il achetait d'habitude son eau de Cologne, et avait réussi à piocher dans le tiroir-caisse. Et le parfumeur avait alerté la police.

Le demi-solde n'a pas été gardé en prison. On l'a envoyé à l'asile d'aliénés. On ne disait pas encore l'hôpital psychiatrique. J'imagine qu'on lui a pris son costume et coupé les cheveux. Qu'on l'a affublé de l'uniforme des malades. A-t-il fini ses jours là-bas, et dans quel désespoir ? Ou bien l'a-t-on relâché, guéri ? Mais comment un homme peut-il guérir de son enfance, et du refus d'affronter la vie des adultes, et quel bonheur peut-il y trouver ? J'essaie parfois d'imaginer qu'il est revenu, qu'il est habillé comme tout le monde, qu'il va dans un bureau ou une usine, matin et soir. Absurde.

La correspondance

Un des premiers jours d'automne, Pascal Rouvière se rendit à la gare Saint-Jean, à Bordeaux. Il demanda un aller simple pour une petite ville des Pyrénées-Orientales. L'employé lui confirma qu'il faudrait changer à Narbonne. La veille, Pascal Rouvière avait été reçu à l'oral du bac, rattrapant en septembre son échec de juin. Ce contretemps l'avait empêché d'obtenir un poste de maître d'internat dans un lycée, dont il avait besoin pour pouvoir continuer ses études. Il avait dû se rabattre sur une petite annonce d'une école primaire supérieure qui cherchait un surveillant. C'est pourquoi, au soir du bac, au lieu de rentrer chez lui, à Dax, avec ses condisciples, il avait passé la nuit à l'hôtel, en attendant d'entreprendre le lendemain son voyage vers un pays qu'il ne connaissait pas.

L'adolescent était en avance, et il eut le temps d'inspecter le wagon dans lequel il était monté. Il aurait souhaité repérer une jolie fille et entrer, comme par hasard, dans son compartiment. Mais il n'y en avait pas, et du coup, il choisit un compartiment vide et s'installa près de la fenêtre. A défaut d'amour, la solitude, ironisa-t-il. Il fit des vœux pour qu'aucun fâcheux ne vînt lui gâcher le petit domaine dont, par précaution, il referma la porte à glissière.

Peu avant le départ, un voyageur, après quelques allées et venues dans le couloir (peut-être cherchait-il une compagnie féminine, comme je le faisais tout à l'heure, s'était dit Pascal Rouvière qui avait remarqué son manège), ouvrit et choisit de s'installer en face du jeune garçon. Il le salua, hissa une valise de cuir dans le filet, posa un *Figaro* pour marquer sa place, et retourna faire un tour dans le couloir. Quand l'express eut démarré, il vint enfin s'asseoir. La première chose qui frappait chez cet homme mûr était l'élégance. Cela ne venait pas seulement des vêtements d'été de couleur claire, mais du visage impeccablement rasé, légèrement hâlé. Sur sa bouche dessinée d'un trait, la lèvre supérieure avançait légèrement, formant une sorte de sourire, celui d'un être qui se sentirait d'une espèce hors du commun, promise, par la supériorité du corps et de l'esprit, à tirer le meilleur de chaque minute. Pendant un court moment, il feuilleta distraitement son journal, puis le laissa tomber près de lui et eut l'air de s'intéresser au paysage. Pascal Rouvière, désœuvré, regardait lui aussi la campagne à travers la vitre. Il écoutait chanter le bruit doux et sourd du grand express, si différent de la ferraille sonore et des heurts des omnibus départementaux. A un moment, comme il tournait la tête, son regard croisa celui de son compagnon de voyage. Il remarqua alors les yeux bleu clair, un peu enfoncés dans les orbites, qui donnaient au visage une touche de mystère. On aurait dit que tout cela, l'allure, le vêtement, et jusqu'aux traits du visage étaient étudiés, voulus par quelqu'un cherchant à s'approcher le plus possible d'un modèle imaginaire, idée de la perfection.

Comme s'il n'avait attendu que cette rencontre des regards, ce personnage dit :

– J'aime beaucoup les grands trains. Pas vous ?

Interloqué par ce qui lui semblait un phénomène de transmission de pensée, l'adolescent ne sut que répondre, commença simplement à ouvrir la bouche, mais aucun son n'en sortit.

– Vous n'aimez pas voyager ? insista l'homme.

– Si. J'aime bien les voyages.

Une expression de soulagement et de plaisir passa comme une onde sur le visage du questionneur, un peu l'expression de l'automobiliste, un matin de gel, qui, après avoir tiré de nombreuses fois sur son démarreur, entend enfin « tousser » son moteur.

– Vous allez loin ?

– Je dois changer à Narbonne.

– Moi je vais jusqu'à Nice.

La conversation était partie et le voyageur ne semblait pas disposé à la laisser s'interrompre. Il n'eut pas de peine à faire parler l'adolescent qui n'était pas naïf au point de se confier à cœur ouvert à un étranger, mais ne pensait pas qu'il fallût toujours se taire ou dissimuler la vérité, si l'on n'avait aucune bonne raison pour agir ainsi. Il raconta qu'il venait d'obtenir son bac et qu'à présent, un poste de pion l'attendait. Ces faits tout simples arrachèrent des exclamations à celui qui en recevait la confidence :

– En somme, c'est votre premier grand départ seul ! Vos débuts dans l'existence ! Un saut vers l'inconnu ! C'est merveilleux ! Je dirai même que c'est émouvant ! Votre vie qui commence ! Aujourd'hui même ! Vous en êtes conscient ?

– C'est vrai, reconnut l'adolescent.

– Et dans quelle disposition d'esprit vous sentez-vous ? La gravité ? La légèreté ?

Pascal Rouvière haussa les épaules, comme s'il ne savait pas, ou que finalement, ce qu'il pensait importât peu devant la nécessité qui le poussait en avant.

– Vous devez quand même avoir le trac...

Il fit raconter au jeune homme sa vie passée, tout ce qu'il abandonnait, à jamais peut-être.

– Vous n'avez pas peur d'être dépaysé ? Et puis ce métier de pion n'a rien d'amusant.

– Je n'ai pas le choix.

L'adolescent n'avait pas envie d'entrer dans le détail des problèmes financiers et des drames de sa famille.

– Je crois, dit le voyageur, que l'on a toujours tort de se résigner.

Par politesse, plus que par curiosité, en pensant que ce monsieur serait peut-être en droit de se vexer s'il n'avait pas l'air de s'intéresser à lui, Pascal Rouvière demanda :

– Vous m'avez dit que vous allez à Nice ?

– Oui, j'habite là-bas.

– Vous y avez vos affaires ?

– Je suis colonel.

Pascal était stupéfait et le voyageur dut s'apercevoir de son étonnement, car il eut l'air de s'amuser beaucoup. Pascal se mit à penser toutes sortes de choses idiotes, comme par exemple qu'un officier, lorsqu'il quitte son uniforme pour se mettre en civil, doit avoir l'air d'un paysan endimanché, par manque d'habitude, et aussi parce que sa garde-robe civile est forcément sommaire. Alors que chez celui-ci, les vêtements, les chaussures, le bagage, tout semblait d'un grand prix. Il garda ses réflexions pour lui, sauf une, qu'il ne put s'empêcher de formuler :

– Je croyais que les officiers voyageaient toujours en première.

– Je trouve plus amusant de monter en troisième. Pour voir les gens. En première, il n'y a personne, ou bien des êtres parfaitement ennuyeux, qui se croiraient déshonorés s'ils échangeaient deux paroles avec un inconnu.

Le sourire supérieur qui ne quittait jamais le colonel parut s'élargir :

– Les garçons comme vous ne voyagent pas en première. Je n'aurais jamais eu le plaisir de vous rencontrer.

– Mais pour un si long trajet, les troisièmes manquent de confort.

– C'est vrai que, même jusqu'à Narbonne où vous descendez, il y en a pour plusieurs heures. Nous aurons le temps de faire connaissance.

La conversation continua par un échange de goûts littéraires et artistiques. Le colonel proclama sa passion pour le théâtre et les ballets. Il parla des derniers spectacles de l'Opéra de Monte-Carlo.

– Vous avez l'air étonné. Il est vrai que l'on répète toujours que les militaires sont bêtes. Cela vient du fait que le règlement de l'armée est si bien fait qu'il a tout prévu, dans les moindres détails, et qu'on peut l'appliquer sans se servir de son intelligence. Alors nous la gardons disponible pour autre chose. Pour ma part, je l'emploie chaque jour à la recherche de la beauté.

Le colonel, délaissant ensuite le domaine de l'esprit, recommença à interroger le jeune voyageur sur ses sentiments, au seuil d'une nouvelle vie.

– Vous n'avez rien connu d'autre que votre petite ville, le lycée, des amis, des amours peut-être ? Je ne veux pas être indiscret. Et vous êtes arraché à tout cela d'un coup, jeté à l'aventure. Vous devez vous sentir perdu.

On aurait dit qu'il voulait faire naître à tout prix la nostalgie et les larmes que l'adolescent avait réussi à éloigner jusqu'ici. Le colonel disait aussi :

– Qu'attendez-vous de la vie ? Quelles sont vos ambitions ?

– Ma foi, je n'en sais rien.

– Il ne faut pas être trop modeste.

Quand l'express s'arrêta en gare de Moissac, deux vieux d'un autre temps firent irruption dans le compartiment. Ils étaient accompagnés d'une gamine, leur petite-fille probablement, qui criait d'une voix aiguë. C'était peut-être la conséquence d'une surdité des vieux. Le colonel eut l'air dérangé par ces intrus et dit à mi-voix, en faisant des clins d'œil et des signes de tête que Pascal Rouvière trouva impolis :

– Je n'aime pas les petites filles.

À peine installés, les grands-parents descendirent du filet un panier qu'ils venaient d'y hisser et déballèrent un repas froid qui comprenait des tomates, des œufs durs, et un poulet contenu dans un carton à chaussures. Le colonel pinçait les narines. La clochette du serveur du wagon-restaurant annonçant le premier service retentit dans le couloir et il sembla l'accueillir comme une délivrance. Il se leva.

– C'est l'heure de déjeuner, dit-il, vous ne venez pas ?

– J'avais prévu de manger un sandwich au buffet de Narbonne, au moment de mon changement.

– Permettez-moi de vous inviter au wagon-restaurant. Cela me ferait un très grand plaisir.

L'adolescent commençait à trouver cette amitié trop rapide et envahissante. Mais il jugea qu'il pouvait accepter d'accompagner le colonel jusqu'au wagon-restaurant. Après tout, il était normal qu'un homme riche ait un mouvement de générosité en rencontrant un garçon le jour de débuts dans la vie qui promettaient d'être difficiles. Ils s'installèrent à table face à face.

– Vous avez déjà déjeuné au wagon-restaurant ? demanda le colonel.

– Oui, deux ou trois fois.

– Je le regrette presque. J'aurais aimé être l'artisan de cette modeste initiation. Cela m'amuse beaucoup, d'assister aux expériences de la jeunesse, de les favoriser. Les jeunes gens ont le bonheur de découvrir les choses les unes après les autres. Ils n'ont pas conscience de l'immensité de connaissances de toutes sortes qu'ils ont à parcourir, sinon ils en seraient effrayés, écrasés. Non, ils avancent tranquillement, pas à pas, comme s'ils cueillaient des fleurs.

Pascal Rouvière faisait surtout attention à se tenir correctement, à ne rien renverser, malgré le roulis du train. Le colonel, après avoir jeté un regard à la ronde, récita :

– "Les wagons-restaurants sont pleins de gens à table."

– C'est un vers ? demanda le bachelier.

– Eh oui. Mais il n'est pas de moi.

Au retour, le compartiment était vide. Les vieux et la petite fille étaient déjà descendus.

– Ils étaient épouvantables, dit le colonel, en repoussant du pied sous la banquette un papier gras.

– Voilà ce que c'est que de vouloir voyager en troisième, dit en plaisantant Pascal Rouvière.

Après le déjeuner, et le médoc de la Compagnie des wagons-lits, l'adolescent avait sommeil. Mais il pensa qu'il était vulgaire de s'endormir, et le colonel paraissait parfaitement éveillé. Maintenant, il prenait les mains de son jeune compagnon en répétant :

– Vous m'êtes très sympathique... Vous m'êtes très sympathique...

Après ces démonstrations, le colonel se rejeta en arrière, appuyant la tête contre le dossier mal rembourré. Il contemplait le paysage comme s'il y cherchait une inspiration. Et ce mouvement en arrière, malgré l'exiguïté du compartiment, donnait au jeune Pascal l'impression d'être en situation d'observateur, regardant de loin les étranges comportements d'un inconnu. Le train s'arrêta en gare de Castelnaudary :

– Je suis passé une fois à Castelnaudary avec mes parents, dit Pascal Rouvière, et nous avons mangé un cassoulet.

Le colonel eut l'air dégoûté. Peut-être pas dégoûté, mais déçu. C'était une chose à ne pas dire, pensa l'adolescent. Mais voici que le train se remettait en marche, quittait la gare et le colonel, se calant contre l'appuie-tête, répétait encore :

– Vous m'êtes très sympathique...

Cette fois, il ne lui prit pas les mains. Il commença un discours.

– Plus je réfléchis à votre cas, au destin qui vous attend, plus cela me paraît absurde. Vous vous voyez, faisant le pion, dans un trou perdu, dans une école sinistre ? Vous avez lu *Le Petit Chose*, non ? Pourquoi allez-vous là-bas ?

– Il faut bien.

Le colonel eut l'air impatienté.

– Écoutez. Venez avec moi.

– Avec vous ?

– Oui, avec moi, à Nice. Vous n'imaginez pas quelle existence agréable nous pourrions avoir. Nous passerions les journées à monter à cheval, à faire du bateau, à aller au concert, au ballet. J'ai un appartement très agréable. Vous connaissez la Côte d'Azur ? Vous savez comme la vie peut y être merveilleuse ?

– Je ne suis jamais allé sur la Côte.

– Alors !...

– Cela a l'air très bien, en effet, mais il n'en est pas question. Le directeur de l'école m'attend, aujourd'hui même.

– Quelle importance ? Ce que je vous offre est tellement mieux ! Venez à Nice...

– Je vous dis qu'il m'attend.

– Vous connaissez ce directeur ? Vous l'avez déjà vu ?

– Non.

– Alors, qu'il attende...

Le colonel accompagna ces derniers mots d'un geste de la main supérieurement élégant, désinvolte.

– Je dois changer à Narbonne.

– Vous m'avez dit que vous aimez le ski. L'hiver, nous irons dans les Alpes. Vous savez jouer au bridge ?

– Un peu.

– Merveilleux !

L'express avait déjà passé Carcassonne, et la discussion avait été interrompue un instant, pour admirer l'œuvre de Viollet-le-Duc. Mais elle reprit de plus belle. Le colonel dressait un tableau tout à fait idyllique du destin qu'il voulait offrir à son jeune ami, tandis que l'adolescent, l'air buté comme une mule, répétait qu'il ne pouvait pas, qu'on l'attendait. Le train s'arrêta encore une fois, à Lézignan. Puis il repartit. Narbonne serait la prochaine gare. Pendant les derniers kilomètres, il y eut de pénibles moments de silence. Entre-temps, le colonel suppliait :

– Venez avec moi...

Le train entra en gare. Pascal Rouvière rassembla ses bagages. Jusqu'au bout, le colonel lui répéta qu'il ferait mieux de l'accompagner. Mais quand il le vit ouvrir la porte du compartiment et faire passer ses valises dans le couloir, il se mit à l'injurier :

– Petit imbécile, vous êtes vraiment stupide...

Le jeune voyageur descendit de l'express de Nice et, lourdement chargé (deux valises, une serviette, un imperméable), se dirigea vers le quai numéro 3 où stationnait un omnibus. Il avait toujours pensé que la vie qu'il affrontait seul à partir de ce jour risquait de lui apporter sa part de tristesse, de drames, peut-être de malheurs. Mais, comme pour se moquer de ses trop complaisants états d'âme, elle avait commencé par lui offrir cette aventure burlesque.

L'Inspection Académique

– Monsieur Rouvière, je suis convoqué à l'Inspection Académique. En mon absence, prenez la direction de la maison.

– Oui, monsieur le Directeur.

M. Alexandrin enfonça son chapeau sur sa tête et partit. Pascal Rouvière l'accompagna jusqu'à la grille de l'école, moins par déférence que pour le plaisir de voir de ses propres yeux que son tyran était bien parti. Puis il gagna le bureau directorial, alla poser ses fesses dans le fauteuil du chef d'établissement et se renversa en arrière. Pour le jeune pion, les seuls moments de repos étaient ces après-midi où M. Alexandrin prenait le train pour le chef-lieu.

À peine arrivé dans cette petite école, il avait compris qu'il s'était vendu comme esclave. Le colonel rencontré dans le train, lorsqu'il lui dressait un noir tableau de la vie de pion, était resté bien en dessous de la vérité. Le directeur était en même temps « marchand de soupe », comme on disait alors. Cela voulait dire que l'internat était à son compte. Il payait les pions de sa poche, et il fallait du rendement. (Sans parler de tel cancre que l'on ne pouvait punir, pour la simple raison que son père fournissait l'école en pommes de terre, ce qui ne facilitait pas la tâche, déjà ingrate, de celui qui, à peine sorti des chahuts de sa propre enfance, était chargé de maintenir la discipline chez ces rustres, fils de rustres. Sans parler aussi de la peine extrême que semblait éprouver le directeur, à la fin de chaque mois, lorsque, après bien des allusions, des prières, des rappels, des supplications, il lui fallait enfin glisser sa main sous sa veste, vers son cœur, en direction du portefeuille pour en tirer quelques billets, le salaire, l'aumône du pauvre pion.) Étant le seul bachelier parmi les surveillants qui venaient tous de l'enseignement primaire, l'adolescent avait été bombardé surveillant général, ce qui voulait dire à peu près bonne à tout faire. Le matin, il se levait le premier. Il allait réveiller les pions et les élèves dans les quatre dortoirs. Il prenait le petit déjeuner en surveillant le réfectoire, pendant que les autres pions faisaient carrément office de serveurs, circulant dans les rangs avec des corbeilles de pain et lançant des morceaux, comme à des fauves, à ceux qui levaient la main. Après une brève récréation qu'il surveillait, chacun, sans excepter lui-même, remontait faire son lit, puis redescendait cirer ses godasses. Nouvelle récréation, étude et après tout cela, il était seulement huit heures du matin. Les classes commençaient. Le jeune surveillant général faisait l'appel. On lui demandait parfois de remplacer au pied levé un professeur malade, ce qui, étant donné son ignorance, n'était pas sans lui poser des problèmes. Pendant les rares heures où il était libre, il donnait des leçons particulières d'anglais et de latin aux enfants du directeur, un garçon et une fille. Les surveillances de récréations, d'études, de réfectoires, le parloir du dimanche matin, les promenades du jeudi et du dimanche après-midi se succédaient jusqu'à l'heure où toute l'école s'endormait enfin. Il regagnait sa chambre et c'était le premier moment de la journée où il se retrouvait seul.

Quand le directeur était appelé à l'Inspection Académique, c'était la trêve. Pascal Rouvière se renversa encore plus dans son fauteuil et posa les pieds sur le bureau.

L'Inspection Académique ! Ces deux mots mirent en joie le jeune pion. M. Alexandrin annonçait pompeusement : « Je suis convoqué à l'Inspection Académique », et par un geste qui était devenu comme un réflexe, il vérifiait que son chapeau était bien enfoncé sur sa tête. Puis il allait prendre le train. Plus rarement, il se servait de sa voiture. L'Inspection Académique ! C'était la fable de l'école. Le directeur avait une maîtresse au chef-lieu.

Pascal Rouvière changea de position. Il alluma une cigarette. En regardant la fumée monter au plafond, il essayait d'imaginer ces rendez-vous, mais c'était très difficile. Il voyait un petit appartement, dans une rue étroite, montant vers le haut de la ville. M. Alexandrin arrivait. Il enlevait son chapeau. Une femme l'attendait. Comment était-elle ? Une femme. Elle avait préparé un plateau pour le thé, il ne manquait plus que l'eau bouillante. Il y avait peut-être aussi des petits gâteaux. Ou bien buvaient-ils du champagne ? Non, pas de champagne, peut-être du porto ou tout simplement, vu le pays, du banyuls, du grenache. Ensuite, ma foi, ensuite, c'était plus difficile à imaginer. M. Alexandrin, ce quinquagénaire un peu court sur pattes, M. le Directeur en caleçon ! Et sa maîtresse ? Elle était peut-être déjà en peignoir, prête pour... l'inspection académique ! Le peignoir s'entrouvrait, laissant voir des cuisses crémeuses. À l'époque, Pascal Rouvière était un peu à court d'adjectifs.

Maintenant, la pensée du jeune homme revenait vite à l'école. L'indigne directeur n'y avait-il pas laissé sa pauvre femme ? Là-haut, dans son appartement privé, ne se doutant de rien. À ce moment, la rêverie capotait. Impossible de s'attendrir, de s'émouvoir, de désirer consoler, de désirer tout court Mme Alexandrin. Le jeune pion ne rencontrait guère la femme du directeur que lorsqu'il montait à l'appartement donner des leçons à ses enfants. Ni grande ni petite, ni belle ni laide, ni jeune ni vieille, le visage rond et inexpressif, ne parlant guère, elle excitait si peu la curiosité que Pascal Rouvière n'avait jamais cherché à connaître son prénom.

Il s'étira dans son fauteuil. Du bureau directorial, situé au cœur de l'école, lui parvenait une rumeur symphonique où il reconnaissait tour à tour les différents bruits de l'établissement : piétinements de galoches sur le carreau des couloirs, vibrato de baryton du professeur de français ânonnant une règle de grammaire, roulement des gros rires forcés déferlant sur une classe, porte qui claque, et des bruits métalliques aussi : venant de la droite, les casseroles dans les cuisines, et, du fond de la cour, le fracas d'une tôle qui tombe sur le ciment, dans l'atelier où les élèves apprenaient le travail du fer et du bois. La qualité et l'intensité du bruit variaient avec le déroulement de l'emploi du temps. Il fallait bien constater aussi qu'à chaque départ du directeur (mais comment les apprenait-on ? Il s'efforçait de les tenir secrets, n'en avertissant que Pascal Rouvière), le bruit gonflait, s'uniformisait, comme si le ronflement continu d'un incendie avait envahi l'école, transformant la symphonie délicate et variée en ouragan. Ce qui était en train de se produire.

Si Mme Alexandrin n'avait pas été Mme Alexandrin, autrement dit si Mme Alexandrin avait été une jolie brune au teint mat, aux grands yeux mauves, si tristes, à la taille serrée, mettant en valeur une poitrine un peu forte, si Mme Alexandrin avait eu de jolies jambes, un homme de cœur comme Pascal Rouvière aurait bien su la consoler des infidélités de son mari.

Il monte chez elle. Il frappe. On ne répond pas. Il tourne le bouton de la porte et entre doucement. Il traverse l'entrée. Personne dans le salon. Il entrouvre une autre porte. La jolie brune est dans sa chambre regardant par la fenêtre la cour vide. Des sanglots secouent ses épaules. « Il ne faut pas pleurer », lui dit Pascal. Elle se retourne et s'abat dans ses bras.

Mais il n'y a pas que cette première scène, mouillée de larmes. Les autres fois, à peine le vilain mari parti pour « l'Inspection Académique », c'est la fête. Elle aussi a des déshabillés, elle aussi ouvre son lit, et après, elle aussi offre un peu de banyuls ou de grenache, tandis que Pascal, insatiable, continue à lui flatter les cuisses et les seins. Hélas ! l'aigre sonnette retentit dans la cour. Il faut aller surveiller la récréation.

Le jeune surveillant écrase sa cigarette dans le cendrier, se lève et sort. De gros nuages courent au ras des toits. Il va bientôt pleuvoir et il fait froid. Les élèves, qui sont donc informés par un mystérieux sens divinatoire que le directeur n'est pas là, sont plus nerveux que d'habitude. Une bataille s'engage dans un coin de la cour. Pascal Rouvière et deux professeurs courent séparer les combattants. L'un d'eux saigne du nez. Le jeune pion l'accompagne à l'infirmerie, lui fait des compresses froides. La sonnette annonce la fin de la récréation. Lorsque l'hémorragie veut bien s'arrêter, il renvoie l'élève en classe et regagne le bureau directorial. Il fait sombre. Il allume la lampe, style Empire, avec un abat-jour vert, qui est une des fiertés de M. Alexandrin.

Calé dans le fauteuil, savourant le bien-être, il essaie de retrouver la rêverie de tout à l'heure. Mme Alexandrin, la jolie brune, le reçoit dans son appartement. Elle est un peu triste. Elle le fait asseoir tout près d'elle et, sans savoir comment, voilà qu'il pose avec compassion une main sur son genou, et bientôt la main est sous la jupe... Mais ça ne marche plus. Mme Alexandrin n'est qu'elle-même, la mère effacée de deux petits idiots à qui il s'efforce en vain d'apprendre *rosa la rose* et *my tailor is rich*. Il passe en revue les moments les plus agréables et aussi les plus odieux de sa nouvelle vie. Les aigres réveils dans le petit matin, avec devant soi toutes les corvées de la journée. La promenade du jeudi après-midi, sur une route poussiéreuse, alors qu'il déteste marcher dans la campagne. Le parloir du dimanche matin où les parents s'annoncent en disant : « Je viens voir le petit », et si on a le malheur de leur demander : « Quel petit ? », ils vous regardent avec stupeur, indignation. Ils vous en veulent à mort.

Quelle horrible nouvelle vie, loin de tout ce qu'il a connu, aimé ! Mais s'il a le cœur serré, d'exil et de solitude, il garde sourdement au fond de lui l'idée agréable qu'il n'est plus un écolier, qu'il est désormais maître de son destin, qu'il vit pour son propre compte. Et que si ce n'est pas drôle aujourd'hui, ce n'est qu'une étape. La vie lui réserve d'autres séjours que cette école de sauvages. Encore qu'on ne sait jamais. Combien d'existences ne sont faites, d'un bout à l'autre, que de pauvreté, de chagrins, d'humiliations, de larmes !

Chaque soir, quand le silence est tombé, que le parfum de la nuit entre par la fenêtre de sa chambre, il a au moins la satisfaction d'être malheureux en paix. Un instant rare. Il éteint la lumière pour disparaître, après une longue journée passée tout entière sous le regard des autres. Dans un immeuble en face, des fenêtres éclairées racontent que la soirée s'y déroule paisiblement. Mais il n'envie pas ces gens-là. Il ne voudrait pas se contenter comme eux de passer une vie entière dans ce patelin. Un jour il partira, oui il partira. Vers une grande ville.

Le jeune pion, dans cet après-midi privilégié où le bureau directorial lui était offert comme un douillet refuge, essayait d'ordonner autour de lui toutes les conditions du confort, à défaut du bonheur. Il alluma une cigarette. Il brancha le gros poste de radio du directeur, qui se mit à siffler et à cracher, et il chercha une station, jusqu'à ce qu'il se résigne à s'arrêter sur un programme de chansons. Il aurait tant aimé trouver du jazz ! Il se renversa de nouveau dans le fauteuil, les pieds sur le bureau. Il jeta un regard vers la fenêtre. Dehors, il s'était mis à pleuvoir à torrents et le bruit de la pluie se mélangeait aux crachements de la radio. Il lança vers le plafond une longue bouffée de fumée, comme si cela allait faire apparaître dans les airs une voluptueuse danseuse orientale...

La porte s'ouvrit. Pascal Rouvière vit entrer Marinette, une vieille fille de cuisine pliée en deux qui parlait plus souvent le patois que le français. Il pensa qu'elle venait lui demander quelque clé. Car, en plus, on lui avait confié les clés de tout ce qui fermait dans l'école, les placards, l'infirmerie, les bibliothèques, et à chaque instant quelqu'un venait lui demander une clé ou bien lui-même partait à la recherche de celles qu'on avait oublié de lui rendre.

– Té, c'est vous ! dit la vieille. Vous savez pas où il est, le directeur ? Je vous amène un homme qui veut le voir. Il est entré par la cuisine. J'étais en train de peler des navets, pour la soupe...

Un homme grand, sec, écarta de la main la paysanne et se dressa soudain devant le jeune pion.

– Où est M. Alexandrin ? Je suis le Recteur de l'Académie de Montpellier.

Faire disparaître ses pieds du bureau, éteindre la radio, écraser sa cigarette dans le cendrier, se lever et se figer dans une sorte de garde-à-vous, tout cela fut réalisé on ne sait comment, avec des gestes peu coordonnés, et trop bruyants. Mais il était difficile d'accomplir avec souplesse une telle séquence. Arrivé enfin à l'attitude verticale, mais respectueuse qu'exigeaient les circonstances, Pascal Rouvière répondit :

– M. Alexandrin n'est pas là, monsieur le Recteur. Il a été convoqué à l'Inspection Académique.

En articulant ces mots, il avait l'impression de ne pas être en possession de toutes ses facultés, comme un boxeur cueilli à froid. Pourtant, à travers cette brume, il se demanda une seconde si sa réponse était un signe de bêtise, de manque d'imagination, ou bien une manifestation de malice et de perversité.

– Et vous, dit le Recteur, qui êtes-vous ?

– Le surveillant général, monsieur le Recteur.

Il pensa qu'il était un trop infime personnage pour que ce soit la peine de se nommer.

– Vous êtes bien jeune. On vous prendrait pour un élève.

– ...

– Vous allez me faire visiter l'école.

– Oui, monsieur le Recteur.

À peine dans le couloir (mais contrairement à ce que l'on pouvait attendre, le visiteur marchait devant, à grandes enjambées, et le guide se contentait de trotter derrière, essayant éperdument de revenir à sa hauteur pour répondre à ses questions), le tintamarre de l'école se fit entendre. L'oreille la moins avertie pouvait comprendre que le chahut régnait, qu'une école convenable, décente, ne produisait pas un tel bruit de fond. Parfois même fusaient un cri guttural, un rire strident. Le Recteur entra dans deux ou trois classes, y figeant pour longtemps ce joyeux vacarme en un silence mortel. Il voulut voir aussi les dortoirs, les lavabos, le réfectoire. Il termina sa visite par l'atelier que dirigeait un gros homme en salopette, dont on ne savait s'il était un vrai professeur ou un contremaître. Sans arrêter les machines et leur fracas, ce membre un peu particulier et sûrement subalterne du corps enseignant essuya sa main graisseuse sur les jambes de son bleu de travail et la tendit au Recteur qui ne daigna pas la recevoir. Le visiteur ne s'attarda d'ailleurs pas dans l'atelier et, toujours au pas de charge, traversa l'école dans l'autre sens. À présent, les couloirs étaient étrangement silencieux. À la volée, il posait des questions, demandait des chiffres. Le jeune pion répondait au hasard. Il savait qu'il valait mieux dire n'importe quoi que de rester muet. Doué d'un sens de l'orientation peu commun, le Recteur aboutit dans la cuisine, par où il avait fait son entrée. La vieille était assise au milieu de la pièce, les jambes écartées, un chou dans son tablier, occupée à le dépiauter et à jeter les feuilles une à une dans une bassine posée par terre. Elle leva un instant la tête, puis se remit au travail. Un peu plus loin, une grosse machine cylindrique vibrait et tressautait en faisant beaucoup de bruit.

– Qu'est-ce que c'est encore que ça ? s'écria le Recteur.

– La machine à éplucher les pommes de terre, monsieur le Recteur, dit Pascal Rouvière.

Le visiteur haussa les épaules et, sans un au revoir, il ouvrit la porte donnant sur la rue et partit comme un furieux. Par la porte restée ouverte, Pascal Rouvière le vit faire ses grandes enjambées, sous la pluie.

Le jeune surveillant général retourna dans le bureau. Mais l'autre lui avait gâché son plaisir. Il ne ralluma pas la radio. Il ne pensa même pas à fumer une cigarette. L'heure était à l'examen de conscience. Il avait été paralysé, inhibé, la cervelle figée par ce foutu Recteur. Il avait été inexistant. Il s'était contenté de trottiner derrière lui dans le vacarme de cette école mal tenue et indisciplinée. Mais qu'aurait-il pu faire d'autre ? Il ne savait pas. Cela ne l'empêchait pas de comprendre que l'inspection s'était mal passée.

Le directeur revint en fin d'après-midi.

– Alors, monsieur Rouvière, dit-il en entrant dans le bureau, rien à signaler ?

– Si, M. le Recteur est venu. Il a voulu visiter l'école.

– Il vous a demandé où j'étais ?

Regardant un peu par en dessous, Pascal Rouvière répondit :

– Oui. Je lui ai répondu que vous aviez été convoqué à l'Inspection Académique.

Pendant quelques jours, la vie reprit son cours normal. Puis, comme Pascal Rouvière venait de monter à l'appartement du directeur pour donner une leçon de latin à son fils, il trouva devant lui M. et Mme Alexandrin, l'air grave. Ils ne l'invitèrent pas à s'asseoir. Ils restèrent debout tous les trois. M. Alexandrin prit la parole.

– Il faut que vous me disiez ce qui s'est passé exactement avec le Recteur. Essayez de vous rappeler.

Il semblait très ennuyé. Quant à sa femme, sa face inexpressive semblait plus molle encore que d'habitude, comme si elle allait fondre. Mais elle se tordait les mains.

– Il est entré dans votre bureau et il m'a demandé où vous étiez.

– Et qu'avez-vous répondu ?

– Oui, qu'avez-vous répondu ? reprit Mme Alexandrin et c'était peut-être la première fois que Pascal Rouvière l'entendait prendre la parole.

– Vous m'aviez dit que vous étiez convoqué à l'Inspection Académique. Je lui ai répondu que vous n'étiez pas là parce que vous aviez été convoqué à l'Inspection Académique.

– Du coup, en sortant d'ici, il y est allé tout droit.

M. Alexandrin ne pouvait en dire plus, mais c'était assez.

– Ah oui ? fit Pascal Rouvière. Je ne savais pas.

Lui non plus ne pouvait en dire plus. Mais ce rôle de subalterne bête et discipliné, qui déclenche des catastrophes par le fait même qu'il obéit aveuglément aux ordres, ne lui déplaisait pas. N'est-ce pas la façon la plus imparable de se venger, et le supérieur qui en est la victime ne peut rien vous reprocher : c'est lui qui a donné l'ordre. Plus tard, dans l'armée, Pascal Rouvière deviendrait un virtuose du sabotage par obéissance passive.

– Ensuite, poursuivit le jeune pion, le Recteur a voulu que je lui fasse visiter toute l'école.

– Et il n'y a eu aucun incident ?

– Non.

– Et ensuite ?

– Il est reparti, pour la gare, je pense.

Il ajouta, en pensée : Et quand il est descendu du train, il a foncé tout droit à l'Inspection Académique.

– Il pleuvait, n'est-ce pas ?

– Oh oui, il pleuvait très fort, cet après-midi-là, dit Mme Alexandrin.

– Et vous l'avez laissé repartir sous la pluie ! Vous avez laissé repartir le Recteur sans lui prêter un parapluie !

– Il avait l'air pressé, il n'a rien demandé...

– Mais ce n'était pas à lui de demander ! Vous auriez dû le lui proposer !

Devant la nullité de son subordonné, M. Alexandrin se tassa sur lui-même. Mme Alexandrin semblait au bord des larmes.

– Bon, dit-il. Allez donner votre leçon.

Tandis que Pascal Rouvière passait dans la pièce voisine, il entendit M. Alexandrin qui disait à sa femme :

– C'est le parapluie... Si au moins il lui avait proposé un parapluie...

Ô douce nuit...

La ville était noire : usines et mines. Des terrils s'élevaient à l'intérieur même de la cité. Il pleuvait souvent. Les habitants ne semblaient se consoler que par une consommation excessive de vin rouge. Ils battaient, disait-on, le record du monde par tête d'habitant. Le vin rouge leur tenait lieu de soleil. Cette grande cité s'étirait de part et d'autre d'une rue interminable, longue de plusieurs kilomètres. À l'extrémité est se trouvait la caserne d'un régiment d'infanterie.

A la fin de l'année 1941, deux soldats s'apprêtaient à y passer le plus triste Noël de leur vie. Ils faisaient partie de ce que l'on appelait l'armée d'armistice, un contingent de cent mille hommes accordé par Hitler à Pétain. Cette armée aurait dû être composée d'engagés, mais comme les volontaires faisaient défaut, en attendant, on gardait sous les drapeaux les soldats des plus jeunes classes. Comme tous leurs camarades, Louvie et Davézieux trouvaient que les engagés tardaient à venir. Quand seraient-ils démobilisés ? Au train où l'on allait, jamais peut-être. Ils entraient dans un nouvel hiver d'ennui, de froid, de faim. Et pourquoi ? Après avoir pris une raclée, ils étaient maintenant hors du coup, une petite armée pour rire. Ou pour pleurer. Et quand l'hiver serait fini, qu'y avait-il à espérer ? Rien. On était au plus sombre de la guerre. En ville, les gens ressemblaient de plus en plus à des miséreux.

Louvie et Davézieux venaient du même pays. C'était la principale raison de leur camaraderie. Le hasard les avait fait se trouver dans le même régiment, le même bataillon, la même compagnie, la même section. Avant cela, dans leur ville natale, ils se connaissaient à peine. Ils s'étaient croisés au lycée, mais l'un faisait des lettres et l'autre des maths. Ils s'étaient aussi trouvés ensemble dans deux ou trois surprises parties, et même à une noce. Davézieux ne s'en serait peut-être pas souvenu, mais Louvie avait une raison pour n'avoir rien oublié. Le jour de la noce, un de ces gais mariages du mois de mai, il avait été vivement intéressé par une fille qui n'était autre que la sœur de son camarade. Il s'était trouvé placé près d'elle à table. Il avait d'abord été attiré par son visage carré, un peu volontaire, dans lequel s'inscrivait une large bouche, un visage respirant la franchise. Le repas avait duré jusqu'au milieu de l'après-midi. Que l'on pouvait manger, en ce temps-là ! Mais Louvie s'était peu occupé de ce qui défilait dans son assiette. Il avait joué son grand jeu, parlant, parlant pour tenter de réduire à sa merci sa voisine. Il la submergeait de toutes ses connaissances, littéraires, musicales, artistiques, bien légères, mais qui pouvaient faire illusion sur une âme inculte. Émerveillée, la sœur de Davézieux répétait : « Jamais on ne m'a parlé comme ça ! », si bien qu'après tant d'efforts intellectuels, il avait pu l'entraîner au fond du jardin, prendre cette large bouche et, par le décolleté du dos, faire sauter l'agrafe du soutien-gorge. C'était un souvenir qu'il ne négligeait pas, d'abord parce que son expérience était encore mince, et ensuite parce que cette fille, par la forme de sa bouche et l'architecture de son visage, correspondait à l'un des trois ou quatre types qui le remuaient sans qu'il sût pourquoi.

Louvie n'avait jamais osé parler à Davézieux de sa sœur. Ce fut Davézieux qui dit un jour :

– Ma sœur vient de se marier.

– Laquelle ? Celle qui s'était trouvée à une noce avec nous ? Je me souviens que j'étais assis à table à côté d'elle.

– Pourquoi dis-tu laquelle ? Je n'ai qu'une sœur.

– Ah ! bon.

La veille de Noël, on annonça aux soldats qu'une bonne œuvre avait décidé de leur offrir un réveillon, dans un foyer, en ville. On leur distribua des bons, ainsi qu'une permission pour la soirée. Il y avait une seule condition : il fallait aller à la messe de minuit (avancée à neuf heures du soir en raison de la guerre). Le curé contresignerait les bons à la sortie de la messe. Seuls ceux portant sa signature donneraient droit au réveillon.

Les deux camarades discutèrent toute la journée. Fallait-il céder au chantage ? Les grands sentiments résistent mal à la faim. Ils essayèrent de s'armer de dignité, de se mettre en colère, de se remplir de haine, voici que le mot « réveillon » agissait de façon magique. Réveillon, ce n'était plus le passé, la nostalgie, mais un événement d'aujourd'hui, dans quelques heures à peine. Ils hésitèrent jusqu'au dernier moment et ce fut seulement lorsqu'ils franchirent la grille de la caserne qu'ils surent quel parti ils avaient pris.

Ils se souvenaient vaguement où était l'église, mais eurent quand même du mal à la trouver dans les rues noires. À l'intérieur, il faisait presque aussi sombre et encore plus froid que dehors. Ils n'allèrent pas loin et s'assirent dans une des dernières travées, en se recroquevillant dans leurs capotes. Ils essayaient de voir s'il y avait beaucoup de soldats qui se fussent laissé prendre comme eux, mais ils n'en comptèrent qu'une douzaine. Louvie trouva l'explication :

– La plupart sont des paysans et ils reçoivent des colis. Ils n'ont pas besoin qu'on leur offre un réveillon.

La messe commença et elle semblait se dérouler assez vite. Il y eut quand même un sermon et le curé ne manqua pas de rappeler que Jésus était venu sur terre pour sauver le monde, plongé en ce temps-là comme maintenant dans l'affliction et le malheur.

Louvie se sentait le cœur aussi gelé que le corps. Il était de ceux que Noël met mal à l'aise, même quand tout va bien. Il trouva que le prédicateur ne manquait pas de souffle, avec ce Dieu qui avait envoyé son fils au sacrifice. Combien d'hommes, avant que la guerre ne finisse, allaient être massacrés, assassinés, écrasés, au hasard des horreurs ! Personne ne pouvait être sûr d'échapper au chemin de croix.

La messe finie, les deux soldats se levèrent, parcoururent toute la longueur de l'église. Le curé avait disparu, mais ils frappèrent à la porte de la sacristie et le trouvèrent qui avait quitté l'étole et la chasuble. L'un après l'autre, ils lui tendirent leur bon qu'il signa sans un mot, avec une apparente mauvaise grâce. Ce moment de honte passé, ils sortirent dans la nuit, à la recherche du foyer. La soupe du soir paraissait loin. Ils étaient tout à fait prêts a attaquer le fameux réveillon.

Le foyer – une maison comme une autre – était situé en haut d'une rue en forte pente, dans un quartier escarpé dont on pouvait se demander s'il n'avait pas été construit sur un terril. Ils poussèrent la porte, trouvèrent un escalier en bois lessivé. La salle était au premier étage. Elle semblait pleine de buée ou de fumée. En tout cas, il faisait chaud. Elle était toute en longueur, meublée de tables légères, recouvertes de lino, qui s'alignaient sur deux rangs, et de chaises métalliques. La moitié des places était occupée, par des soldats et aussi des civils. Louvie et Davézieux se débarrassèrent de leurs capotes et les accrochèrent à un portemanteau déjà fort encombré. Ils allèrent s'asseoir et firent signe à un homme en tablier bleu qui semblait faire office de serveur. Ils lui donnèrent les bons signés par le curé.

– Très bien, dit l'homme.

Davézieux dit à son copain :

– Je déteste le lino. Ils auraient pu mettre des nappes. Du linge basque, par exemple, avec des carreaux rouges et blancs. Quelque chose de tout simple, mais pas de lino.

– Tu rêves.

Pendant qu'ils attendaient, un grand type maigre, au visage allongé, avec un nez tordu, quitta une table où il était en train de discuter, et vint s'asseoir à la leur.

– Bienvenue, dit-il. Je ne vous ai jamais vus ici. Vous n'avez pas une cigarette ? Les soldats reçoivent plus de tabac qu'il ne leur en faut.

Davézieux sortit son paquet et un briquet à amadou.

– Merci. Vous intéressez-vous aux problèmes spirituels ? Dans les Évangiles, on trouve la réponse à tout.

– Même quand finira la guerre ? dit Louvie.

– Certainement.

– Qui va gagner ?

Le type maigre ne daigna pas répondre. Il entreprit d'expliquer qu'il y avait des réunions. On méditait en commun.

– Rassurez-vous. Ce n'est pas le catéchisme. Ce n'est pas du tout orthodoxe. Nous estimons par exemple que la confession telle qu'on la pratique en chuchotant, sous le rideau du confessionnal, est insuffisante. Dans nos réunions, chacun doit se livrer à une confession publique, devant tous ses frères.

Les deux soldats restèrent impassibles. Ils espéraient lasser le bavard par leur indifférence.

– Nous étudions aussi des révélations miraculeusement parvenues jusqu'à nous, grâce à quelques initiés. Ce sont des secrets que des Tibétains se transmettent depuis des siècles, dans les monastères de l'Himalaya.

– On n'a pas le temps, dit Louvie.

– On a toujours le temps. C'est un devoir de cultiver le jardin de son âme. Je ne devrais pas vous le dire, mais de grands événements sont proches. Bientôt, il sera trop tard.

– Quels événements ?

– La venue du Roi du Monde. Son arrivée sera précédée d'un déluge de sang et seuls ceux qui se seront préparés pourront survivre et seront admis à connaître l'Âge d'or.

Le prophète reprit une cigarette dans le paquet resté sur la table.

– Je vois, poursuivit-il, que vous avez tout à apprendre. Je peux commencer dès ce soir votre initiation spirituelle.

– Écoutez, dit Davézieux, vous nous emmerdez. Nous sommes venus ici pour bouffer. On nous a promis un réveillon. Allez déconner ailleurs.

– Laissez-moi vous expliquer...

– Non.

– Mais vous croyez à la vie éternelle !

– Je vais vous raconter l'histoire de Landru, dit Louvie. À moins que vous ne la connaissiez déjà. Au moment où l'on allait mener Landru à la guillotine, l'aumônier lui demanda : “Est-ce que vous croyez à la vie éternelle ?” Landru lui répondit : “Ce n'est pas le moment de me poser des devinettes.”

Le type maigre se leva et alla vendre ses boniments à une autre table. Louvie, le cœur en détresse, éprouvait comme une nouvelle injure la présence dans ce foyer de ce prophète indiscret. Il ne pouvait s'empêcher de le voir s'agiter et pérorer, là-bas, un peu plus loin. Il avait envie de quitter la salle. Le réveillon se faisait toujours attendre. Enfin le serveur au tablier bleu leur apporta un plateau. Il y avait pour chacun une tasse de viandox, deux rondelles de saucisson à l'ail, un triangle de crème de gruyère, une petite assiette de compote de pommes et un quart de rouge.

– Ils nous ont bien eus, dit Louvie.

Les deux camarades se regardèrent un instant, puis

Davézieux saisit son bol de viandox et se mit à boire. Louvie en fit autant. En cinq minutes, ils avaient fini de manger. Ils se levèrent. Au passage, ils furent encore harponnés par le type maigre qui les invita à revenir le voir. Ils décrochèrent leurs capotes et bouclèrent leurs ceinturons.

En descendant la rue, Davézieux demanda :

– On rentre à la caserne ?

– Que veux-tu faire ?

– On pourrait chercher des filles.

– Tu as de l'argent ?

– Un peu.

– Et toi ?

– Pas beaucoup. Juste assez, je pense.

Il fallait aller presque à l'autre bout de la ville, dans le quartier de la gare.

– Tu as le courage de marcher si longtemps ? demanda Louvie.

A peine avait-il dit cela qu'il glissa avec ses souliers cloutés sur un pavé de la rue en pente, perdit l'équilibre et n'évita de tomber qu'en s'accrochant à son camarade.

– Tu as trop réveillonné, tu es soûl ? ironisa Davézieux.

Un peu plus loin, ils évoquèrent le sale type du foyer.

– La métaphysique m'ennuie, dit Louvie. De tous temps, des hommes très intelligents, des génies ont passé leur vie à chercher, sans trouver, le dernier mot. Finalement, on ne croit que ce que l'on veut croire.

– Et il suffit d'un rien, d'un microbe ou d'une petite

artère qui claque, et la cervelle la mieux organisée se détraque.

– Dis donc, nous n'allons pas passer cette nuit maudite à jouer à Bouvard et Pécuchet !

Ils étaient encore loin de la gare, peut-être à la moitié du chemin, quand ils virent un groupe de jeunes gens, sur une petite place. Trois garçons et une fille se tenaient sur la chaussée, devant des maisons qui, à cet endroit-là, étaient construites en arcades. La fille faisait face aux garçons et semblait discuter avec eux. La lumière d'un lampadaire, badigeonné en bleu en raison de la défense passive, tombait sur elle, lui donnant un peu l'apparence d'une créature sous-marine. Elle paraissait grande, avec de longs cheveux et une jolie silhouette. Quand ils aperçurent les soldats, les garçons disparurent sous les arcades, laissant la fille seule. Louvie et Davézieux continuèrent leur chemin, puis, sans avoir besoin de se concerter, sans une parole, ils firent demi-tour. La fille s'était avancée jusqu'au coin de la rue et de la place. Elle s'appuyait sur le premier pilier des arcades, comme une prostituée. Elle attendait les soldats qui revenaient. Elle était jeune, sans doute vingt ans. Quand ils passèrent près d'elle, elle leur lança un sourire. Louvie fut frappé par ce visage. Il s'arrêta et son camarade fut obligé de faire de même.

– Bonsoir, dit la fille.

Elle avait un accent étranger.

– Vous venir ? *Come* ?

Elle paraissait ne pas savoir le français, mais, pour le cas où elle aurait pu comprendre, c'est à voix basse que Louvie dit à son camarade :

– C'est extraordinaire ce qu'elle ressemble à ta sœur ! Tu ne trouves pas ?

– Qu'est-ce que tu racontes ?

– C'est le même visage carré, la même forme de bouche, le même air de franchise...

– Écoute, je la connais, ma sœur. Toi, tu l'as à peine vue.

La fille souriait, trouvant sans doute cette discussion de bon augure. Elle répéta :

– *Come ?*

Et, montrant tour à tour les deux soldats du doigt :

– Toi ? Ou toi ?

– Ça t'ennuie, dit Louvie, si je vais avec elle ? À moins qu'elle ne te plaise à toi aussi.

– Tu as envie d'elle, hein ? dit Davézieux. Peut-être parce que tu t'es mis dans la tête que cette pute ressemble à ma sœur ? Tu ne trouves pas que tu dépasses un peu les bornes ?

Davézieux se mit à marcher d'un bon pas. Il n'avait pas repris la direction de la gare, mais retournait vers la caserne. Louvie ne savait s'il devait le suivre ou rester. Dans ce cas-là, l'inertie, l'hésitation, la peur d'agir vous font finalement rester sur place. Il finit par crier :

– Ne te fâche pas !

L'autre ne tourna même pas la tête.

Louvie cria encore, plus faiblement :

– Tu es fâché ?

Mais ce n'étaient que des paroles. Ses pieds n'avaient pas bougé d'un pouce. La fille lui souriait toujours, avec son visage franc et décidé qui lui rappelait tant la sœur de Davézieux, mais aussi d'autres femmes du même genre, Paulette Godard dans *Les Temps modernes* et une petite fille du temps de son enfance. Elle répéta :

– *Come ?*

– Pas beaucoup argent, dit-il.

Il sortit son porte-monnaie de sa poche et en montra le contenu. Elle fit signe qu'elle était d'accord. Elle l'entraîna vers le fond de la place. Il se dit que les trois garçons qu'il avait vus tout à l'heure étaient peut-être cachés sous les arcades, attendant le moment de lui tomber dessus, de l'assommer et de le détrousser. Mais rien de semblable ne se produisit. La fille poussa la porte d'un petit hôtel. Il n'y avait ni portier ni veilleur, personne. Elle avait la clé de la chambre dans sa poche. C'était une pièce très petite, pouvant juste contenir un divan d'angle sous des étagères, ce que l'on appelait autrefois un cosy, et un lavabo. Au mur, sur le papier peint, étaient épinglées quelques photos de femmes nues découpées dans le papier glacé de numéros de *Paris Magazine* d'avant la guerre. Il donna son argent. La fille commença à se déshabiller et il en fit autant, mais dans son cas, c'était plus compliqué, avec le harnachement militaire, les molletières, les godillots. Rien que de rouler les molletières, quelle entreprise ! La fille s'était étendue sur le divan et il vint la rejoindre. Par chance, il ne faisait pas froid dans la chambre. Il commença à la caresser et à lui donner des baisers. Elle se laissait faire sans impatience, pas du tout comme les professionnelles qui n'ont qu'une idée, vous amener le plus vite possible à la conclusion et vous mettre dehors. Son corps était beau, s'étirant harmonieusement en longueur, un corps qui convenait à son visage. Au bout d'un moment, elle sembla prendre du plaisir, se mettre à dériver. Elle ne disait rien, soit par goût, soit parce qu'elle ne savait pas assez bien le français, et le soldat se mit à s'étonner un peu naïvement et à admirer que l'obstacle des langues n'existât pas dans un lit. Les corps avaient leur langage et n'avaient pas besoin de mots pour se comprendre. La fille accomplit pourtant l'effort de dire :

– Toi caresser bien.

Quand ils eurent fait l'amour, elle ne fut pas pressée de se rhabiller. Elle vint se nicher dans les bras du soldat. Louvie maintenant aurait voulu parler avec elle. Mais elle avait du mal à le comprendre, et encore plus à lui répondre.

– De quel pays es-tu ?

– ...

– Toi Polonaise ?... Russe ?...

– Non. Serbe.

– Et qu'est-ce qui t'a amenée ici ? La guerre ?

– Comment ?

– Tu es réfugiée ?

– Oui... La guerre...

– Hitler a pris la Serbie.

– Oui... Toi connais Mihailovitch ?

– Mihailovitch ? Le général Mihailovitch ?

– Oui.

Il dit, en détachant les mots :

– On parle beaucoup de lui. Il se bat dans les montagnes.

Elle répéta le nom, avec ferveur :

– Général Mihailovitch.

Louvie dégagea son bras et regarda sa montre.

– Il faut que je rentre à la caserne. Sinon, moi en prison.

Il se leva le premier. Quand elle sortit du divan à son tour, alors qu'elle allait prendre ses vêtements posés sur un tabouret, près de la fenêtre, il vit son reflet dans les vitres noires, et le soldat se dit que ce serait la dernière image qu'il garderait de son corps. Ce miroir créé par la nuit adoucissait les traits du visage, effaçait presque les taches brunes des seins, estompait celle du sexe. Alors qu'elle commençait à se rhabiller, il ne put s'empêcher de dire :

– Tu ressembles à une amie que j'avais, mais elle s'est mariée.

– Pas compris, répète.

– Non. Rien.

Il boucla son ceinturon et remit son calot.

Elle redescendit avec lui sur la place, comme si cette chambre n'était qu'un lieu de travail et que sa vraie demeure fût la rue. Là, elle dit au revoir au soldat. Il répondit sottement :

– Au revoir. Bon Noël.

Elle eut un faible sourire pour répéter :

– Bon Noël.

Elle se dirigea rapidement vers les arcades. Lui partait dans l'autre sens, vers la caserne. Il crut entendre derrière lui des voix d'hommes et il se dit qu'elle venait peut-être de retrouver les trois garçons de tout à l'heure et qu'ils se faisaient remettre l'argent qu'elle avait gagné. Comment avait-elle échoué si loin de chez elle, dans cette ville triste et laide, avec la guerre toujours suspendue, prête à cracher tout à coup feu et flammes ? Qui avait-elle laissé derrière elle, dans son pays ? La guerre était le temps de toutes les séparations. Son seul recours, son seul espoir, son seul lien avec le pays natal semblaient ces deux mots : « général Mihailovitch ».

Voilà. Noël était passé. Serait-il seulement en vie, dans un an, le soir du 24 décembre ? Il se posa la question une seconde, mais il était trop jeune pour croire sérieusement à la mort. Incapable aussi d'imaginer l'avenir. Le cliquetis de ses souliers cloutés l'accompagnait dans la longue rue déserte.

Franchise militaire

En ce temps-là, je détestais l'armée. Je continue à ne pas l'aimer, mais ce sentiment était alors plus vif pour la raison que je portais l'uniforme. Notre division avait à sa tête un général assez particulier. Certes, il pratiquait les traditionnelles vertus militaires, la servitude et la grandeur (en prenant la grandeur pour lui et en laissant la servitude à ses subordonnés). Mais il leur ajoutait un goût très vif pour tout ce qui était à la mode. Il semblait persuadé que le métier des armes n'échappait pas à la règle de notre siècle et que, pour y réussir, mieux que l'ancienneté, le dévouement et l'héroïsme, ce qu'il fallait à présent, c'était avoir le sens de la publicité. Le vent, à l'époque, était au sport, à la réhabilitation du corps, si longtemps dédaigné. Notre général de Marigny, pour être à la page, décida de créer la Cité du Muscle. Tour à tour, les unités de sa division devaient y faire un stage. La Cité du Muscle n'était rien d'autre qu'un camp militaire dans le Massif Central. En plein milieu s'élevait un tertre, un petit coteau couvert d'herbe et de buissons. Dès qu'il vit ce tertre, le général décida :

– Je veux que, dans quinze jours, il y ait un stade à la place !

On distribua des pelles et des pioches, et un régiment entier attaqua le coteau. Le général de Marigny fit à cette occasion quelques-unes de ses célèbres colères. Chez lui, la colère était un art. Il fallait l'entendre hurler à quelque officier hébété :

– Je vous briserai ! Je vous casserai !

D'habitude, les hommes de ce genre sont aidés par un physique en rapport avec leur caractère. Ils ont un profil volontaire, impérieux, un nez fort et busqué semblable au bec d'un grand rapace. Par malheur pour le général de Marigny, ce n'était pas son cas. Certes son nez était fort et se remarquait. Mais c'était un de ces appendices longs et arrondis au bout, tout en mollesse et en abandon, qui ont contribué au succès de nombre d'acteurs comiques. C'était peut-être pour compenser cet organe lamentable que le général avait développé une telle volonté d'autorité, de puissance.

Marigny savait aussi parler avec calme, comme si vous étiez ses égaux, ou presque.

– Ici, c'est la Cité du Muscle. Il n'y a plus d'officiers, de soldats. On rend ses galons en entrant. Chacun prend une pioche et œuvre ensemble, dans la communion de l'effort. Et, bien entendu, si quelque chose ne va pas, n'hésitez pas, venez me trouver. Je vous le promets, nous parlerons à cœur ouvert, d'homme à homme.

Forts de cette invitation, quelques malheureux Malgaches, qui se trouvaient avec nous Dieu sait pourquoi, se constituèrent en délégation et allèrent dire au général qu'à leur très humble avis, ils piochaient trop et ne mangeaient pas assez. Ils furent immédiatement arrêtés. Pendant toute une journée, nous les vîmes tourner en rond, pieds nus, autour de notre chantier. Escortés de soldats en armes, ils ajoutaient à notre paysage de forçats une touche digne d'un grand metteur en scène. Le soir, toujours pieds nus, ils prirent le chemin de la prison militaire de la ville voisine.

Pourquoi ai-je entrepris de parler du général de Marigny ? C'était nécessaire pour expliquer l'aventure du simple soldat Couferouge, un petit paysan du Cantal, de Chersoubro, dans la vallée du Falgoux, pour être précis. Mais avant, il faut dire aussi un mot d'un autre soldat, Gérard Laguiche, qui, dans le civil, faisait du théâtre et projetait d'être un jour un grand acteur et de fonder une troupe.

Les soldats – c'est une des activités militaires les plus connues – ont l'habitude d'écrire des lettres à leur famille, en espérant bien recevoir en retour des mandats et des colis. Gérard Laguiche écrivit à ses parents, des gens éclairés, en s'amusant à raconter la Cité du Muscle et à tracer la psychologie du général. Il expliqua que c'était un paranoïaque, mais surtout un ambitieux, prêt à gagner des étoiles supplémentaires en les payant avec la sueur et le sang de ses soldats. Un démagogue qui se plaisait à insulter et à humilier les officiers devant leurs hommes, ce qui était quand même un peu facile. Il terminait par des considérations philosophiques sur le nez de Marigny, admirant que la nature ait si mal aidé un homme doué d'un tel appétit de pouvoir.

Assez satisfait de cet exercice épistolaire, Gérard Laguiche plia sa lettre, l'enferma dans une enveloppe, écrivit l'adresse de ses parents et en guise de timbre, traça en haut et à droite les deux lettres « F.M. » qui signifient, comme chacun sait, « Franchise militaire ». Puis il alla la mettre dans la boîte aux lettres fichée au mur du baraquement où se trouvait le bureau du vaguemestre.

Deux jours plus tard, il était en train de tirer un rouleau pour essayer d'aplanir ce qui, peu de temps auparavant, était encore une colline, lorsqu'un planton vint le chercher.

– On te demande au bureau du général.

Laguiche suivit le planton d'une démarche nonchalante, fort peu virile et militaire, qui lui valait souvent des observations des gradés. Il avait pris pour principe d'accueillir les heurs et malheurs de la vie de soldat sans s'étonner de rien, et en offrant au monde extérieur un visage obtus qui lui paraissait une très bonne protection. Il fut quand même un peu déconcerté parce qu'il pensait que la convocation venait de quelque secrétaire qui aurait un ordre ou un message à lui communiquer, mais voici qu'on le faisait entrer dans le bureau du général. Il claqua des talons, assez peu énergiquement, salua, se découvrit et se mit au garde-à-vous. Le général de Marigny était assis derrière son bureau. En baissant légèrement les yeux, contrairement au règlement qui veut que, dans la position du garde-à-vous, le regard reste fixé sur l'horizon, le soldat vit un papier qu'il reconnut aussitôt.

– Vous êtes l'auteur de cette lettre ? dit le général.

Laguiche n'eut pas la force de dire : « Oui, mon général. » Il se contenta d'acquiescer de la tête. Il se mit à calculer combien de jours de prison allaient tomber sur lui : un mois dont quinze de cellule, au minimum. À moins que Marigny ne le traduise purement et simplement en conseil de guerre... Le général se renversa dans son fauteuil. Le soldat se dit qu'il prenait son élan pour mieux se mettre à hurler.

– Asseyez-vous, dit le général de Marigny de sa voix la plus douce.

Laguiche regarda autour de lui. Pas de chaises. Le seul siège, assez inattendu dans ce bureau militaire, était un canapé garni de coussins, un meuble doux et confortable, presque féminin. Le soldat s'y posa du bout des fesses.

– Mon nez ne vous plaît pas ?

Laguiche baissa le sien sans répondre.

– Vous vous faites une drôle d'idée de moi, reprit le général. Une idée fausse, et cela me peine beaucoup. Alors, écoutez-moi bien. Je tiens à vous prouver que vous m'avez mal jugé, peut-être en raison de l'énorme distance qui sépare un général de division et un simple soldat.

Le soldat Laguiche, qui ne savait trop que faire de ses mains, écarta les bras comme pour donner une mesure à cette distance. Ce geste fit tomber un coussin par terre. Il le ramassa et le tapota pour qu'il ne garde aucune trace de poussière. C'était un coussin rebondi, mais très léger, de la vraie plume. Mais le général poursuivait :

– Je vous attache à ma personne. Vous m'accompagnerez partout. Vous pourrez observer le moindre de mes actes. Et vous découvrirez que je ne suis absolument pas l'homme que vous avez cru peindre.

Ayant prononcé ces paroles, Marigny leva la tête et se figea dans une immobilité de médaille, comme s'il voulait mettre en valeur son profil. Mais le nez qui pendait ne faisait qu'accentuer sa ressemblance avec quelque acteur comique, quelque ringard lamentable.

Désormais, on vit un troufion nonchalant et plutôt négligé suivre comme son ombre le brillant général.

Au bout d'une semaine, Laguiche qui s'était contenté jusque-là d'observer en silence, simplement avec un air qui pouvait passer de muette approbation, les faits et gestes de Marigny, se permit de lui adresser la parole.

– Mon général, je crois qu'aujourd'hui je n'écrirais plus la même lettre.

– Mon vœu le plus cher était d'entendre ces mots.

– J'ai compris que toutes vos initiatives n'avaient qu'un but : le prestige de l'armée française, et en particulier de notre division.

Il aurait pu dire « votre division », mais il avait insisté sur « notre ».

– Vous êtes sincère ?

– Je voudrais, mon général, que vous me permettiez de faire une critique.

Comme la mer au début de la tempête, le front de Marigny se creusa de sillons. Son nez sembla se tordre.

– Vous pourriez faire encore plus.

Semblable à un cuisinier qui surveille un soufflé, le soldat Laguiche laissa monter encore cinq secondes la colère du général. Puis il coupa le feu, juste à temps.

– J'ai pensé à une chose qui ferait énormément pour la réputation de la division, qui la ferait connaître dans le public, qui la rendrait populaire. Une chose qui lui manque.

– Et quelle chose ?

– Un groupe artistique : des musiciens, des chanteurs, des acteurs. Il doit sûrement se trouver des professionnels dans les effectifs actuels. J'ai l'expérience du théâtre et de la mise en scène. C'est mon métier dans le civil. Je me charge de recruter une troupe, de monter un spectacle. Nous donnerons des représentations dans les villes où passe la division, lorsqu'elle va en manœuvres...

Il n'eut pas de peine à convertir le général à ce programme qui servirait sa publicité, sinon sa gloire. Marigny lui donna carte blanche. Laguiche commença à chercher des talents. La nouvelle fit le tour de la division en moins de quarante-huit heures. Grâce à une sélection judicieuse, le Groupe Artistique Divisionnaire devint bientôt le refuge, la planque, de tous ceux que la vie militaire avait jusque-là malmenés, ou simplement rebutés. Quant à Laguiche, on pouvait voir ce soldat crasseux, les cheveux plus longs qu'il n'était ordinairement toléré, se prélasser sur les coussins de la voiture du général, sous prétexte d'aller dénicher quelque accessoire, de commander des programmes chez un imprimeur ou de chercher une salle de spectacle dans une ville de la région.

Et Couferouge, le gardeur de vaches de Chersoubro, dans la vallée du Falgoux ? J'y viens.

Bien que récemment converti au prestige du spectacle, le général de Marigny restait un adepte du sport. Tous les matins, dans la Cité du Muscle, les soldats étaient soumis à une heure de culture physique. Un matin parmi tant d'autres, un champ entier de soldats, couchés sur le dos, en short, torse nu, pliaient et dépliaient les jambes dans le mouvement alternatif bien connu appelé la bicyclette. Le général passait dans les rangs, lentement, semant la terreur parmi les chefs de section et les commandants de compagnie. Parfois il s'arrêtait, regardant longuement une recrue en train d'actionner dans le vide un pédalier imaginaire. Certains disaient qu'il n'était pas insensible à la beauté du corps masculin. C'est pourquoi il est un peu étonnant qu'il se soit arrêté devant ce rabougri aux jambes torses qu'était Couferouge. Il le désigna du bout de son stick. Affolé, le gardeur de vaches s'arrêta de pédaler.

– Continue, p'tit, continue, dit le général.

Il ajouta, en se tournant vers le sous-lieutenant qui était blême :

– Dis-moi, Gribeauval, il est bien, ce petit ?

– Très bien, mon général.

Nouvel arrêt de la bicyclette et nouvelle exhortation :

– Continue, p'tit.

Couferouge se remit à pédaler.

– Puisqu'il est bien, fais-le rengager. Continue, p'tit.

– À vos ordres, mon général, dit le chef de section.

– Tu lui fais signer les papiers et tu me les apportes. Continue, p'tit. Pourquoi est-ce que tu t'arrêtes tout le temps ?

Les copains de Couferouge, un être désarmé, sans ruse, et même, il faut bien l'admettre, sans intelligence, un pauvre garçon de la montagne tout juste capable de reconnaître et d'appeler par leur nom sa douzaine de vaches, de belles Salers, il est vrai, se dirent qu'il était perdu. Quelqu'un eut l'idée de recourir à Laguiche.

– Prends-le avec toi. Au Groupe Artistique, tout le

monde l'oubliera. Le sous-lieutenant Gribeauval n'ira pas chercher après lui.

– Et Marigny ?

– Il a dit ça en passant. Il ne doit déjà plus y penser.

On amena Couferouge au chef du Groupe Artistique qui ne put en tirer trois mots. Le paysan restait planté les pieds en dedans, la tête baissée.

– Il est complètement con, dit Laguiche.

– Non. C'est autre chose. On ne peut pas dire qu'il soit bête. Il est plutôt un peu simple d'esprit.

– Que voulez-vous que j'en fasse ?

– Un type pareil, il ne faut pas le laisser seul avec sa panique. On a vu des recrues déserter pour moins que ça. Et même se pendre.

– Qu'est-ce que tu pourrais faire ? dit Laguiche.

Quelqu'un répondit à la place du malheureux.

– Il vient du fin fond de la montagne, dans le Cantal. Peut-être qu'il sait jouer de la cornemuse.

– Tu sais jouer de la cornemuse ?

Couferouge leva la tête, regarda Laguiche, mais resta muet.

– De la cornemuse, du biniou...

Laguiche, en comédien-né, s'était mis à mimer le cornemuseux. Ses doigts jouaient sur un tuyau imaginaire, tandis que, du coude, il semblait presser une outre contre son flanc.

– La cabreta ! s'écria Couferouge. C'est comme ça qu'on l'appelle chez nous.

– Tu sais en jouer, ou non ?

– Oui, je sais.

– Alors, nous sommes sauvés.

Nonchalant, avec une pointe d'insolence, Laguiche avertit la compagnie de Couferouge qu'elle détenait dans ses rangs un grand artiste folklorique, un des derniers joueurs de cabrette, lequel, sur ordre du général de Marigny, serait désormais détaché au Groupe Artistique Divisionnaire. Le petit Auvergnat transporta son paquetage dans le baraquement qui servait de logis, de lieu de répétition, bref de repaire au Groupe Artistique. Il se posa dans un coin. Il était peu remuant, silencieux, et bientôt tout le monde l'oublia.

Le général de Marigny était impatient de voir son Groupe Artistique donner sa première représentation. Il demandait à Laguiche :

– Quand serez-vous opérationnel ?

N'y tenant plus, il fit un jour irruption dans le baraquement. Le premier qui l'aperçut n'eut que le temps de hurler :

– À vos rangs, fixe !

Les lits n'étaient pas faits, les paquetages étaient loin d'être « au carré », des bouteilles de vin et de bière traînaient sur les tables. La plupart des soldats étaient débraillés. Un bon nombre, avachis sur les lits, n'avaient eu que le temps de se dresser, comme des somnambules, et de se mettre au garde-à-vous. Il y avait de quoi envoyer tout le monde en prison. Mais aujourd'hui, le général ne s'arrêtait pas à ces détails de propreté et de discipline. Laguiche, accouru aussitôt, commençait à lui expliquer le programme du gala.

– En prologue, toute la troupe apparaît sur scène, et souhaite en chansons la bienvenue aux spectateurs. Puis une petite formation va jouer tantôt du jazz, tantôt des sketches musicaux. Puis *La Polka du roi*, de Charles

Trenet, mimée par le soldat Drouot qui fait le marquis, et le sergent Piffaretti qui fait la marquise. Puis les monologues du caporal Neval. Et ensuite Colin, le célèbre fantaisiste parisien, dans son répertoire. En seconde partie, le sergent Piffaretti...

– Encore Piffaretti !

– C'est un cas. Un talent inépuisable. Il sait tout faire. En seconde partie, donc, Piffaretti présente une parodie du *Récit de Théramène*. « Il était sur son char... » On verra ensuite un sketch comique, *Roncevaux*, dont la vedette est le soldat Schmutz. Puis le caporal Laroute joue du violon-jazz, à la Stéphane Grappelli. Enfin, l'orchestre au complet, qui conclut, bien entendu, la soirée par *La Marseillaise*. Je crois que c'est un beau programme. Quelque chose qui se tient. Une gaieté de bon aloi...

Marigny, accompagné de Laguiche qui essayait de l'intoxiquer par un discours ininterrompu, circulait dans le baraquement, parmi les soldats, semblables à des statues de cire, figés au garde-à-vous. Dante et Virgile chez les ombres de l'Enfer. Au passage, Laguiche nommait ses artistes :

– Voici Schmutz, mon général. Et voici le sergent Piffaretti...

– Celui de *La Polka du roi*.

– Exactement, mon général. Et aussi du *Récit de Théramène*.

– Et celui-ci ?

L'âme tourmentée, que désignait le nouveau Dante en poursuivant sa visite infernale, n'avait rien de Francesca da Rimini. Le petit gardien de vaches, courtaud et trapu, planqué entre deux châlits, contre le mur, sous la planche à paquetage, ressemblait à une bête acculée au fond de son repaire, et qui n'attend plus que l'épieu du chasseur. Sur le lit dont il s'était levé au cri de « À vos rangs, fixe ! » traînait une chaussette qu'il était en train de repriser, avec le fil et l'aiguille qui pendaient.

– Celui-là, mon général, est un des derniers cabretaires.

– Cabretaire ?

– Il joue de la cabrette, le nom que l'on donne en Auvergne à la cornemuse, au biniou. Après lui, que restera-t-il de ce folklore qui est une des richesses de la France ? Cet homme, mon général, est une pièce d'archéologie, au même titre qu'un dolmen ou une peinture rupestre !

De toute évidence, Marigny ne reconnaissait pas le soldat qu'il n'avait vu qu'une fois, couché sur le dos, en train de faire la bicyclette. Laguiche ajouta, avec perversité :

– Je suis assez fier de l'avoir trouvé. Il y a des trésors cachés dans votre division, mon général.

Marigny eut un petit sourire de vanité satisfaite.

– Vous savez que j'aime tout ce qui est moderne. Mais, en contrepartie, je suis très attaché à la tradition. Alors, ce garçon joue de la crapette ?

– De la cabrette, mon général.

– Va la chercher, p'tit. Je suis curieux de voir ça.

Mais Couferouge resta au garde-à-vous. Il se contenta de répéter :

– La *cabreta*, la *cabreta*...

– Alors ?

Le général n'avait pu refréner un geste d'impatience, et son pied droit avait frappé deux fois le sol.

– La *cabreta*, la *cabreta*, répéta Couferouge, putain, oui, je sais en jouer. Mais y en a pas ici.

Maintenant le silence était absolu. Chacun attendait que le cataclysme suspendu en l'air s'abattît, le cyclone qui détruirait la baraque.

– Tu n'as pas ta cabrette ? dit enfin le général.

– Non, mon général.

– Et d'abord, présente-toi.

– Soldat Couferouge, matricule six mille deux cent trente-cinq.

– Soldat Couferouge, je te donne quinze jours de permission. Tu vas rentrer dans ton village, et tu nous rapporteras ta cabrette.

Deux semaines plus tard, le permissionnaire revint au Groupe Artistique. Il rapportait du jambon et des tripoux.

– Et la cabrette ? demanda Laguiche.

– La cabrette ?

– Oui, la cabrette, le biniou, la musette, le pibrock, la cornemuse, le bag pipe !...

– La cabrette, j'en ai pas trouvé.

– Tu as cherché, au moins ?

– Un peu. Je crois que ça n'existe plus.

– Est-ce que tu te rends compte du pétrin ?

Désespéré, Laguiche partit pour Clermont-Ferrand. Il passa une journée entière à explorer les antiquaires et brocanteurs. Il allait renoncer quand il trouva enfin un vieux biniou. Le sac d'air était crevé en plusieurs endroits. On ne pourrait jamais en tirer un son. Il l'acheta quand même.

Au retour, aidé par les copains, il essaya d'y mettre des rustines. Mais les dégâts étaient trop grands, et cette vieille peau de bique craquait de partout.

La première représentation du Groupe Artistique Divisionnaire eut lieu dans la salle des fêtes du camp. Le général de Marigny avait pris place au premier rang, avec ses invités. Il y avait même quelques jolies femmes et un nombre peu négligeable de généraux de brigade et de colonels, qui venaient flatter la nouvelle lubie de leur chef. Pour le reste, la salle était remplie de troufions et le cadre faisait plutôt patronage. Mais bientôt, n'est-ce pas, la division partirait en manœuvres et son Groupe Artistique, tout au long du voyage, se produirait dans de vrais théâtres, avec des balcons, des loges, des dorures et du velours, un grand lustre et un rideau rouge.

Laguiche se faufila dans la salle et vint se pencher sur Marigny.

– Nous sommes prêts, mon général. Nous commencerons quand vous voudrez.

– Et le joueur de crapette ?

– De cabrette... Il est prêt lui aussi, mon général. D'ailleurs, il figure sur le programme, au début de la seconde partie.

– Bien.

Marigny avait lancé ce mot d'un ton tellement sec, presque féroce, que Laguiche lui demanda :

– Il y a quelque chose qui vous contrarie, mon général ?

– Oui. J'ai découvert aujourd'hui qu'il y a des voleurs dans ma division ! Ils ont osé, oui ils ont osé pénétrer dans mon bureau et prendre les coussins de mon canapé ! Dans mon bureau. J'aime autant vous dire que l'enquête ne va pas traîner. Même si je dois faire fouiller le camp de fond en comble !

– Je suis désolé, dit Laguiche. Moi qui espérais qu'aucune ombre ne viendrait ternir cette soirée que nous sommes si fiers de donner en votre honneur.

– Allez-y.

La première partie se déroula sans anicroche. C'était même plutôt réussi. Le sergent Piffaretti surtout, métamorphosé en marquise de cire, dans *La Polka du roi*, une poupée qui semblait sortie du musée Grévin, mit le public en joie. Et Colin, imitant Maurice Chevalier, eut lui aussi sa part de succès. À l'entracte, le général semblait avoir oublié ses soucis. Il s'était levé et allait discuter de façon mondaine avec deux dames, au bout de la rangée de fauteuils. Dans ces cas-là, il était tout sourire, la raideur militaire le quittait, il semblait soudain plus petit, plus rond, sans aucune aspérité. Seul son nez, trop long, trop mou, mettait alors une touche de tristesse dans ce visage qui aurait voulu séduire et être aimable.

Quand le rideau s'ouvrit pour la seconde partie, Laguiche fit son entrée et s'avança jusqu'au bord de la scène.

– Pour commencer, mon général, mes chers camarades, nous allons vous présenter un numéro qui est plus qu'un numéro. Une attraction qui est plus qu'une attraction. C'est un hommage au passé, aux traditions de la France. Il s'agit d'un art qui s'est transmis d'une génération à l'autre, depuis des temps immémoriaux, peut-être même depuis l'époque où la France n'était pas encore la France, mais la Gaule, ou plus loin encore, le pays des Celtes et des Ligures. Voici donc, venu des montagnes les plus retirées du Cantal, l'artiste auvergnat Célestin Couferouge, le dernier joueur de cabrette !

D'un geste, il invita le musicien à faire son entrée. Couferouge sortit de la coulisse, vêtu d'une blouse de paysan, chaussé de sabots, coiffé d'un chapeau de feutre noir, sa cabrette calée sous le bras. On l'applaudit.

– Célestin Couferouge va vous jouer le chant traditionnel des moissonneurs. Explique-nous ce que c'est.

– C'est le chant que les moissonneurs chantent pour se donner du courage, quand c'est le moment de la moisson.

Il se mit à fredonner, nostalgique :

Totes les camps de la campanha
Son plens de blat ; lo blat floris...

On entendit deux ou trois voix, dans la salle, qui demandaient :

– Plus fort !...

Le petit paysan, sur la scène, eut un geste de la main qui voulait dire : j'ai chanté un petit bout d'air, sur la campagne, les champs et le blé fleuri, pour vous expliquer, en passant. Mais ce n'est pas mon affaire. Si je suis ici, c'est pour jouer sur ma cabrette.

Il cala soigneusement l'outre entre son flanc et son coude droit. De la main gauche, il porta le bec de l'instrument à ses lèvres. Un son grêle s'éleva, une petite mélodie qui sentait les prairies, les ruisseaux, l'enfance.

Pendant que le musicien laissait ainsi parler l'âme antique de sa terre natale, Laguiche qui s'était discrètement retiré dans un coin, au fond de la scène, observait le général. Il vit que Marigny regardait Couferouge avec une grande attention. Puis soudain, il sembla à Laguiche que le regard du général s'était déplacé et que, maintenant, c'était lui qu'il fixait. Courageusement, il affronta ces yeux si redoutés. Et les yeux lui envoyèrent un message qu'il comprit très bien et auxquels les siens répondirent.

Après une note tenue plus longtemps que les autres, le chant fragile, la fluette voix pastorale s'éteignit.

– Voilà, dit le cabretaire. Je vous ai joué le chant traditionnel des moissonneurs.

Le général applaudit poliment et tout le monde s'empressa de l'imiter.

Dans la coulisse, Laguiche disait à Couferouge :

– Donne-moi vite ton biniou !

Il s'empara de l'instrument et se mit à arracher les rubans qui retenaient fixé au tuyau et dissimulaient un simple pipeau comme on en trouve dans les bazars.

La seconde partie se poursuivit tout à fait normalement. Piffaretti fit encore rire. Quant à Schmutz, que l'on n'avait pas encore vu, c'était vraiment le plus grand pitre de la division. À la fin, toute la troupe revint sur scène et se mit sur un rang, pour *La Marseillaise*.

À la première note de l'hymne national, le soldat Couferouge, d'un geste instinctif, claqua des talons, avec ses sabots, et, oubliant qu'il tenait un instrument de musique, plaqua violemment ses bras contre son corps, dans la position du garde-à-vous. C'en était trop pour la cabrette qui éclata. Elle laissa échapper de sa blessure un flot de plumes qui partirent dans les airs, suspendues un instant entre la scène et la salle, dansant gracieusement jusqu'à ce que les plus hardies d'entre elles viennent se poser doucement sur les invités, sur les cheveux et le décolleté des dames, sur les uniformes des officiers et jusque sur le long, le triste, le célèbre nez de celui qui s'était tant irrité de la perte de ses coussins et qui était en train de comprendre qu'il venait de les retrouver.

Le fantôme de la femme

Lucas, le garçon d'étage, frappa et entra sans attendre dans le petit bureau de Michel Barset et Pierre Mangelin.

– C'est vous qui vous occupez du dossier de J.L.B. ? J'ai déjà demandé à M. Tivolier et à M. Boudiou.

– J.L.B. c'est moi, dit Michel Barset.

– Il y a quelqu'un qui veut vous voir.

Le jeune fonctionnaire se leva. Il suivit le garçon d'étage sans enthousiasme. À la réception, debout, une femme l'attendait. Le temps d'arriver jusqu'à elle, et il fut ébloui. Il n'avait jamais l'occasion de rencontrer ce genre de femme, dont la beauté est portée à la perfection par le luxe et la richesse. Son fort parfum, le maquillage autour de ses yeux gris-vert, ses cheveux relevés sur la nuque en un épais chignon, son strict tailleur bleu marine sur un chemisier en soie grège très décolleté, ses jambes, ses chaussures... Une femme accomplie, et pourtant son front bombé, ses lèvres gonflées comme celles d'une fillette boudeuse avaient quelque chose d'enfantin. Michel Barset se présenta et invita la visiteuse à entrer dans un minuscule réduit qui servait de salle de réception. En un instant, le parfum imprégna la petite pièce. Mais le jeune homme n'eut pas le temps de s'y abandonner, comme à un bain délicieux.

– Vous n'avez pas encore répondu à ma demande de bons. Je viens voir ce qui se passe, dit la visiteuse, d'un ton très sec.

Ce n'est pas une de ces beautés languissantes, commenta en lui-même Michel Barset, mais une femme moderne, lancée dans la vie, l'action, les affaires.

– C'est moi qui m'occupe de votre dossier, dit-il.

L'endroit où se déroulait cette rencontre était un organisme né de la difficulté de ce temps de guerre et d'occupation. Il s'agissait de gérer la pénurie. Il fallait des bons pour tout. Dans cette section, on s'occupait de la ficelle. Le bureau recevait des demandes d'industriels ayant besoin de ficelles, de cordes ou de câbles (non métalliques). Les rédacteurs comme Barset en référaient à leurs supérieurs et, selon leurs instructions, rédigeaient une lettre d'accord, de refus ou d'attente. Un travail d'une parfaite monotonie, pas fatigant il est vrai. Entre la rédaction de deux lettres, chacun avait le temps de se laisser aller à la rêverie. Les ambitieux imaginaient un destin meilleur, après la libération. D'autres avaient leurs soucis domestiques. Michel Barset, c'était autre chose. Il était persuadé que tout homme a une double vie. Celle qu'il mène en apparence et qui lui donne l'air de s'intéresser à la culture et aux beaux-arts, à un métier, voire à une carrière, à l'argent, à la compétition sociale et à la politique. Et l'autre, tenue secrète, ou tout au moins dont l'importance est soigneusement minimisée, dissimulée. Cette autre vie, personne n'ose l'avouer, est entièrement et uniquement occupée par la poursuite du fantôme de la femme. L'unique chose qui offrît quelque intérêt, en notre vallée de larmes. Michel Barset en était tellement persuadé qu'il ne parvenait pas à imaginer que d'autres hommes fonctionnent selon un modèle différent. Qu'ils n'aiment pas ou peu les femmes. Qu'ils préfèrent le football, ou la gastronomie, ou le communisme, ou Piero della Francesca, ou les cours de la Bourse.

Cette façon de penser lui faisait traverser l'existence de façon distraite. Il arrivait à l'âge d'homme dans une période plus que troublée. Beaucoup s'étaient lancés dans la bagarre, parfois du bon, parfois du mauvais côté. D'autres essayaient de profiter de l'occasion pour se pousser, sauter les échelons de la réussite, ou même construire des fortunes aussi hasardeuses que mal acquises. Lui flottait à la surface des choses. Rien ne lui semblait important. Mais chaque fois qu'il croisait une femme, ses narines frémissaient, en quête de son parfum. Cette passion peut-être excessive et qui tournait à la manie, se détruisait elle-même, par dispersion. Aussi les succès de Michel Barset étaient-ils rares et peu durables. Finalement, il était on ne peut plus solitaire. Quant à l'Office de Répartition des Ficelles, Cordes et Câbles, c'était un endroit désolant. Pas une jolie fille dans les quatre étages de l'immeuble qu'il avait fini par surnommer « le désert de l'amour ». À la rigueur, il y avait Francine, la secrétaire du directeur, une blonde assez pimpante. Mais elle était si fière de ses hautes fonctions qu'elle ne daignait pas baisser les yeux sur les simples rédacteurs. Elle ne leur adressait la parole que pour leur transmettre des ordres, en employant le moins de mots possible.

Et aujourd'hui, il se trouvait comme par magie dans ce petit cabinet exigu baptisé salle de réception, en tête à tête avec cette femme exceptionnelle.

– Nous sommes un peu débordés actuellement. Il y a tellement de demandes...

– Je croyais pourtant avoir priorité, dit la femme, sèchement.

– Oui, bien sûr.

– Alors, vous me les donnez ?

– Je ne peux pas. Ils ne sont pas prêts.

– Alors, quand ?

– Peut-être dans deux ou trois jours. Une semaine au grand maximum.

– Une semaine !

Il lui aurait craché au visage qu'elle n'aurait pas eu l'air plus indigné.

– Revenez dans quelques jours. Je fais tout ce que je peux.

– J'y compte bien.

Maintenant les lèvres enfantines de la jeune femme esquissaient une moue, révélant son désarroi. Michel Barset fut ému de la voir atteinte, vulnérable. Il oubliait que la cause en était purement professionnelle, commerciale, et qu'il ne s'agissait pas d'une joute amoureuse. Il allait dire « je voudrais tant vous être agréable » ou une autre fadaise de ce genre, mais les yeux de la visiteuse semblèrent soudain changer de couleur et lui lancer un message de mépris, presque de haine. Il rengaina son madrigal, et s'effaça pour la laisser sortir. Elle disparut dans l'escalier sans qu'il osât s'attarder à la suivre du regard.

Il revint à son bureau, et dit avec enthousiasme :

– Je viens de recevoir une femme extraordinaire !

Pierre Mangelin, son collègue, ne parut pas intéressé. Depuis le matin, il faisait une tête d'enterrement. C'était un garçon du même âge que Michel Barset, dans les vingt-cinq ans, mais ils ne se ressemblaient guère. Barset était petit, brun, hirsute, le visage aigu. L'autre était grand et blond, tout au moins pour ce qu'il lui restait de cheveux, car une calvitie précoce lui donnait un grand front et l'affligeait d'un crâne rond et luisant. Il sortait de la bonne bourgeoisie parisienne. Bien qu'il n'ait pu obtenir mieux qu'une capacité en droit, il avait le genre sciences-po. Il était déjà marié.

– Oui, une femme vraiment extraordinaire !

Mangelin ne réagissait pas.

– Ça ne va pas ? Vous avez des ennuis ?

– Plus que des ennuis. Vous savez que ma femme attend un enfant. Il est bien connu que les femmes enceintes ont des envies. La mienne a tout le temps envie de poulet. Au prix où il est, au marché noir, je n'y arrive plus !

Pas besoin d'être une femme enceinte pour avoir envie de poulet, pensa Michel Barset. Moi je rêve de poulet, de bifteck, de saucisson, d'huîtres, de haricots au lard...

– Cette situation ne peut pas durer. Je vais être obligé de la faire avorter. Vous ne connaissez pas quelqu'un ? Dans vos relations ? Moi, je ne sais pas du tout à qui m'adresser.

Quel imbécile, pensa Michel Barset. Faire avorter sa femme parce qu'elle a des envies de poulet ! Il sentait un léger mépris chez son interlocuteur. Mangelin s'adressait à lui comme à un homme d'un milieu assez ordinaire pour connaître des avorteurs.

– Non, personne, répondit-il. Je vais essayer de me renseigner.

– Oui, je vous en prie. Rendez-moi ce service.

Michel Barset se mit à fouiller dans les dossiers empilés sur le coin droit de son bureau. Il ne retrouva pas celui de la société J.L.B. Il décrocha son téléphone et appela sa secrétaire :

– Yvonne, vous devez avoir le dossier J.L.B. Pouvez-vous me l'apporter ?

Yvonne arriva bientôt avec le dossier.

– Tout est prêt. Les bons ont été débloqués. Il ne manque plus que la lettre d'envoi.

– Merci, je vais m'en occuper.

Les rédacteurs comme Barset préparaient les lettres, et elles étaient ensuite signées par le directeur du service.

– Vous voulez me la dicter tout de suite ?

– Non, plus tard.

La vue d'Yvonne affligeait Michel Barset. Une grande et grosse fille toute en mollesse, une forte poitrine qui semblait toujours prête à laisser échapper quelques soupirs, des yeux globuleux dont on ne savait s'ils étaient éperdus ou simplement myopes. Elle symbolisait toute la disgrâce de l'univers féminin, tel qu'il se présentait à l'Office de Répartition des Ficelles, Cordes et Câblages.

– Elle est en adoration devant vous, dit Pierre Mangelin, retrouvant pour un instant le goût de la plaisanterie.

Il pouvait bien dire ce qu'il voulait. Dans quelques

jours, Michel Barset reverrait la superbe femme dont il avait, ou croyait avoir encore, le parfum dans les narines.

Il ouvrit le dossier de la J.L.B. C'était bien ce qu'il pensait. Sur la demande s'étalait le tampon : « Commande allemande ». La visiteuse, tout à l'heure, lui avait dit qu'elle avait priorité. Elle travaillait donc pour l'industrie nazie ! Elle faisait partie de ce monde de la collaboration, effrayant et mystérieux. Cela ajoutait encore à l'infranchissable distance qu'il y avait entre sa beauté orgueilleuse et le modeste rédacteur. Il devait s'avouer aussi que ce trait maléfique s'accordait bien à son charme vénéneux, comme s'il entrait pour quelque chose dans l'éclat accusé de son rouge à lèvres, dans le maquillage vert qui rehaussait ses yeux, dans le vernis couleur de sang séché de ses ongles. Et pourtant, il avait réussi à l'atteindre. Il revit la seconde où elle avait paru vulnérable, ce léger voile qui avait adouci ses yeux et accentué le côté enfantin de son visage, de sa bouche, quand elle avait dû repartir les mains vides.

Les demandes de bons qui arrivaient à l'Office étaient classées en deux catégories : les ordinaires, et celles destinées à des industries travaillant pour l'Allemagne. Bien entendu, les commandes allemandes avaient priorité. Mais il se trouvait que le directeur, un Breton nommé Le Corre, avait l'esprit de résistance. Au lieu de délivrer sans délai les bons pour les commandes allemandes, il les faisait traîner le plus possible. Pas trop, quand même. Mais assez pour en retirer une petite satisfaction patriotique. Il lui avait été facile de deviner les sentiments de ses rédacteurs et de faire entrer dans son jeu ceux dont il était sûr. Michel Barset était du nombre. M. Le Corre lui avait dit un jour, en baissant la voix :

– De la ficelle, je leur en donnerais à volonté, si c'était pour qu'ils aillent se pendre !

Voilà pourquoi la commande de la J.L.B. dormait depuis plusieurs jours au fond d'un tiroir. Et, conséquence tout à fait inattendue, cela lui avait valu la visite de cette superbe créature.

La semaine se déroula comme à l'accoutumée. Chaque matin, le jeune fonctionnaire arrivait au bureau, dans le quartier de l'Opéra, après une demi-heure dans le métro bondé du temps de guerre, qui le laissait tout moulu et froissé. Heureusement encore, les gens étaient devenus maigres. Que se serait-il passé autrement ? Il montait à pied jusqu'au troisième étage de cet immeuble haussmanien, aux longues et majestueuses volées d'escalier. L'ascenseur était condamné. Il se laissait tomber dans son fauteuil et commençait par fumer une cigarette. En général, Mangelin arrivait en retard. Encore plus maintenant qu'il avait des soucis avec sa femme. Enfin il annonça :

– J'ai trouvé quelqu'un. Un Indochinois. C'est pour demain.

Le lundi, Barset se décida à rédiger la lettre d'envoi pour les bons de la J.L.B. Mangelin ne se montra qu'en fin de matinée :

– Ça va très mal. Ma femme a eu une hémorragie. Il a fallu la transporter à l'hôpital. Aussi, cet Indochinois ne me disait rien qui vaille. Mais je n'avais pas le choix. Vraiment, vous ne connaissiez personne, vous ?

C'est le comble, il essaie de me culpabiliser, pensa Michel Barset.

Á son tour, M. Le Corre faisait traîner la lettre de la J.L.B., puisqu'il s'agissait d'une commande allemande. Sans doute pour gagner du temps, il obligea le rédacteur à la refaire. Francine, sa secrétaire, lui rapporta le parapheur.

– M. Le Corre trouve que vos lettres sont négligées. Vous ne faites aucun effort pour varier les réponses, adapter ce que vous dites à votre destinataire.

– Il n'y a pas trente-six façons de dire qu'on accorde ou qu'on refuse les bons.

– Si, justement.

Elle lui tourna le dos, faisant voler sa jupe plissée écossaise. À la mode du jour, elle avait peint ses jambes, pour donner l'illusion des bas. Un trait noir se perdant sous la jupe, derrière, figurait même la couture. Le bruit de ses talons s'éloigna dans le couloir, tandis que le jeune homme l'imaginait en train de se peindre les cuisses, dans une position obscène, devant une glace.

Michel Barset allait refaire la lettre pour la J.L.B. quand les sirènes se mirent à hurler. Comme chaque fois qu'il y avait une alerte, tout le personnel se précipita dans l'escalier en même temps, pour descendre à la cave. Tous ces pieds ensemble sur les marches faisaient un énorme roulement. Avec quelques indisciplinés, le jeune rédacteur gagna le café du coin qui ne fermait pas, malgré les consignes. Il en faisait de même à chaque alerte. Cette fois, il réussit à entraîner Mangelin, qui était désemparé. Devant une boisson sans couleur, sans goût et sans alcool, le père manqué se mit à philosopher :

– Dans un cas pareil, devant une naissance qui n'aura pas lieu, on se demande : Qu'est-ce que l'homme ? Quel est le secret de la vie ?

Au bout de quarante-huit heures, enfin, la lettre fut rédigée, soumise à M. Le Corre, signée, et rendue à Michel Barset. Le jour même, Lucas, le garçon d'étage, revint, de son pas traînant :

– Ce n'est pas vous déjà qui vous occupez du dossier de J.L.B. ?

Michel Barset repoussa son fauteuil et se leva brusquement. La lettre et les bons étaient dans une chemise verte, sur son bureau. Il les prit. Puis, saisi d'une inspiration, il les reposa et partit à la rencontre de sa visiteuse, les mains vides.

Elle était là, de nouveau, devant lui, dans sa splendeur, et il s'émerveillait de vérifier que toutes les perfections qu'il avait notées et qu'il se récitait depuis une semaine – les vêtements luxueux, le décolleté du chemisier, les yeux, la chevelure, le grand front et les lèvres gonflées d'enfance – étaient toutes revenues avec elle, comme si un détail, un trait avaient pu la quitter et l'obliger à se présenter devant lui moins belle que dans son souvenir.

– J'attends toujours mes bons !

La phrase claqua comme un coup de fouet.

– Je suis consterné, dit Michel Barset.

Il commença à exposer de filandreuses explications pour ce retard. Mais il avait beau répéter : « Je suis consterné », il n'en avait pas l'air et il ne pouvait réprimer un sourire. Tu es riche, tu es belle, tu as les Allemands dans ta manche, pensait-il. Mais c'est moi, pauvre minable, qui te fais courir. Tu viens à mes rendez-vous, et tu y reviendras tant que je ne t'aurai pas donné ces foutus bons.

– Je n'aime pas que l'on se moque de moi, dit-elle.

Il protesta, affirma qu'il faisait tout ce qu'il pouvait pour lui être agréable, mais elle savait bien ce qu'était une administration, la bureaucratie.

Elle haussa les épaules.

– Ne croyez pas que vous me ferez attendre encore longtemps.

– Ce n'est pas moi, je vous l'assure...

Elle repartit, mais cette fois, il guetta en vain la détresse dans les yeux, la moue enfantine. Elle n'était que colère.

Il s'en revint quand même tout heureux. Comme il était agréable de rencontrer cette belle femme, dans la monotonie des heures de bureau ! Et on ne pouvait même pas le blâmer de faire traîner le dossier. Tacitement, M. Le Corre approuvait tout ce qui freinait les commandes allemandes.

Dans le couloir, il croisa un collègue, Boudiou, un homme dans la cinquantaine qui parlait tout le temps de son chien. Boudiou lui glissa au passage :

– J'ai reçu des savonnettes.

Le brave homme faisait un peu de trafic. Il expliquait que c'était pour trouver de la viande pour son chien, et c'était sûrement vrai.

– Je n'ai pas le rond, répondit gaiement Michel Barset.

Dans son bureau, il interpella Mangelin :

– Je ne vous ai pas demandé de nouvelles de votre femme aujourd'hui.

– Elle va beaucoup mieux. Elle sort demain. Quand

même, ce sacré Indochinois ! Encore heureux que l'hôpital ne nous ait pas dénoncés à la police !

Trois jours plus tard, Lucas vint une fois de plus demander à Michel Barset si c'était lui qui s'occupait du dossier de J.L.B. Cette fois, pensa le rédacteur, elle n'a même pas attendu une semaine. Il resserra son nœud de cravate. Il lança au garçon d'étage :

– Allez dire que j'arrive dans une minute.

Il se mit à réfléchir. Est-ce que je lui donne ses bons, ou bien est-ce que je la fais revenir encore une fois ? C'est un peu exagéré, peut-être. Tout de même, une dernière fois... Il n'arrivait pas à se décider. Mais le regret de ne plus la revoir fut le plus fort. Je vais lui dire qu'il y a eu encore un petit retard, le dernier, et que dans un jour ou deux, sans faute...

Il se leva. Marchant à la rencontre de cette femme qui était en train de l'attendre, il projetait au-devant d'elle l'image idéale d'elle-même qu'il portait en lui.

À la réception, deux hommes coiffés de chapeaux de feutre l'attendaient. Il en fut tellement surpris qu'il commença à balbutier, sottement :

– Ce n'est pas la dame...

– Police allemande, dit l'un des deux hommes. Pourquoi refusez-vous de donner les bons de la société J.L.B. ?

L'autre dit à son tour quelque chose, mais son français était moins clair. Michel Barset ne comprit qu'un mot : sabotage. Un mot que l'on s'amusait souvent à répéter, à l'époque, en imitant l'accent germanique, parce que les occupants l'avaient souvent à la bouche : sabotach', sabotach'... Mais cette fois, ce n'était pas pour rire.

– Vous allez nous suivre, reprit le premier.
– Je peux essayer de vous trouver les bons.
– Non.
– Je vais chercher mes affaires dans mon bureau ?
– Non.

L'un des deux hommes de la gestapo sortit un pistolet de sous ses vêtements. Il montra l'escalier à Michel Barset qui commença à en descendre les marches, pour la dernière fois.

Les pralines

– Jeudi prochain, le vieux Monsieur Alban fera des pralines.

– Tu crois, Papa, que je pourrai aller le regarder ?

– Oui. C'est parce qu'il t'invite que j'en parle.

– Cela tombe bien qu'il fasse ses pralines un jeudi.

Le jour venu, le père de Jean-Baptiste lui dit :

– Tu n'as pas oublié que le vieux Alban fait des pralines aujourd'hui ?

– Non. À quelle heure dois-je y aller ?

– À deux heures. Je parie que tu ne sauras pas y aller tout seul.

– Pourquoi dis-tu ça ?

– Tu es un peu timide et j'ai toujours eu l'impression que le vieux Alban te faisait peur.

– Il ressemble à Clemenceau.

– Tu vois, il te fait peur.

– Oh ! après tout, il m'a invité.

– Écoute, je vais t'accompagner.

– Ce n'est pas la peine.

– Mais si, mais si.

À l'heure dite, le père de Jean-Baptiste confia son magasin, une orfèvrerie, à ses vendeurs.

– J'ai une course à faire avec le petit.

Il entraîna son fils dans les rues de la ville et ils arrivèrent à une boutique, près de la cathédrale. On y vendait des cartes postales, des souvenirs et, bien sûr, des cathédrales en plâtre ou en métal doré, reproduction exacte du monument qui était l'orgueil de la ville. Au fond du magasin, il y avait une femme brune, aux lèvres très rouges.

– Nous voici, dit le père de Jean-Baptiste.

– Bonjour, madame Alban, dit l'enfant.

– Comme il grandit !

– Vous trouvez ? Il fera sa communion l'année prochaine.

– Déjà ! Il a encore l'air si petit ! Quand ils sortent en procession sur le parvis, en face, chaque fois, c'est plus fort que moi, les larmes me montent aux yeux. Tant d'innocence, et puis la vie...

– Votre vendeuse n'est pas encore arrivée ?

– Pas encore.

– Elle est en retard, il me semble.

– Oui. Je me demande pourquoi.

– J'espère qu'elle va venir.

– Je l'espère bien.

Mme Alban s'assit sur le haut tabouret de la caisse. Elle tendit une jambe et les muscles de sa cuisse jouèrent sous le jersey de sa robe beige qui collait à la peau. Le père de Jean-Baptiste s'approcha d'elle, à la toucher. Personne ne parlait et l'enfant se demanda ce que l'on attendait. Peut-être l'arrivée de la vendeuse ? Après un long moment, Mme Alban dit :

– Je vais conduire le petit là-haut, chez mon beau-père. Charles, vous voulez bien garder la boutique un instant ?

Elle se laissa glisser du tabouret. L'enfant était tellement fasciné par le mouvement, les métamorphoses de ses lèvres rouges qu'il ne prêta pas attention au sens des paroles.

– Viens ! dut-elle préciser, en ouvrant une dernière fois sa bouche écarlate.

– Tu sauras rentrer tout seul ? demanda le père de Jean-Baptiste.

– Oui.

– Si je repasse par là, je viendrai te chercher.

Mme Alban entraîna le petit garçon dans l'arrière-boutique. Elle ouvrit une porte et ils se trouvèrent dans une cour où un escalier extérieur amenait au logement du vieux Alban, un ancien pâtissier-confiseur qui, deux ou trois fois par an, s'amusait à retrouver les gestes d'autrefois. Mme Alban frappa et ouvrit la porte. Son parfum que Jean-Baptiste avait humé en la suivant dans l'escalier fut soudain remplacé par celui du sucre en train de caraméliser. Le confiseur en retraite portait un tablier et avait déjà commencé ses préparatifs. Jean-Baptiste trouva une fois de plus que sa tête ressemblait à celle de Clemenceau, le Père la Victoire.

– Je vous amène le gosse. Il y a si longtemps qu'il avait envie de vous voir travailler. Il est très sage, il ne vous dérangera pas.

– Bon. Maurice est en bas ? Je ne l'ai pas encore vu aujourd'hui.

– Vous savez bien qu'il passe la journée au tribunal de commerce.

– C'est vrai. Alors, qui garde la boutique ? La vendeuse est déjà arrivée ?

– Oui.

Mais non, vous vous trompez, faillit dire Jean-Baptiste. Mais on lui avait appris que, même sous cette forme polie, il ne faut pas accuser les grandes personnes de mensonge. Elle ne veut pas inquiéter son beau-père, pensa-t-il. Cela va plus vite de dire oui, cela évite des explications sans fin. Il connaissait le truc pour le pratiquer souvent.

– Je redescends tout de suite. Je vous laisse travailler. Mmm... ça sent bon, chez vous. Vous me rendriez gourmande.

– Je viens à peine de commencer.

Elle s'en alla. On entendit ses talons dans l'escalier sonore. Jean-Baptiste resta avec le vieil homme dans la cuisine, une pièce sombre qu'il fallait éclairer à la lumière électrique. Il y avait déjà une casserole de cuivre sur le fourneau. Le confiseur vint en regarder le contenu avec sévérité. Il baissa un peu le gaz, prit une spatule, et se mit à remuer, sans un mot.

À partir de l'instant où il s'était penché sur la casserole de cuivre, le temps avait changé de rythme et de nature. Il avait presque cessé de couler. Il était comme ce sirop épais que le vieillard était en train de confectionner. L'enfant se tenait immobile dans un coin de la cuisine, debout. Il n'y avait d'ailleurs pas de siège.

M. Alban quitta brusquement le fourneau et alla fouiller dans une boîte. Il jeta une poudre qu'il prenait à poignées dans le mélange qui était en train de cuire, puis il recommença à tourner. Jean-Baptiste l'entendit grogner :

– Je n'arrive plus à me rappeler où est allé Maurice. Il m'a dit hier qu'il avait quelque chose à faire. Mais quoi ? Ce que c'est agaçant de perdre la mémoire !

– Mme Alban a dit qu'il était au tribunal de commerce, dit timidement l'enfant.

Mais le vieux n'eut pas l'air de l'écouter. Il ferma le gaz. Il prit la casserole et en versa le contenu dans un crible. Il agita le crible au-dessus d'une autre casserole. Une sorte de sable en tombait, Jean-Baptiste comprit que c'était du sucre cuit. Des amandes restaient dans le crible. M. Alban les remit dans la casserole et alluma de nouveau le gaz. Il se pencha plusieurs fois pour régler le feu avec délicatesse. Il ne semblait jamais satisfait. Trop fort ou trop doux. C'était quand il fixait l'intérieur des casseroles d'un air sévère qu'il ressemblait le plus à Clemenceau.

Pendant très longtemps, il ne se passa rien, seulement l'odeur du sucre et des amandes qui grillaient doucement. Puis le confiseur remit dans la casserole une partie du sucre cuit précédemment, et de nouveau tout dans le crible. Il ne parlait pas, juste des grognements, de sorte que l'enfant ne comprenait rien au déroulement des opérations.

Dans le lointain, on entendait une chanson espagnole, la radio, un phono ?

Ay, Dolores, Dolores...

Jean-Baptiste s'ennuyait. C'était cela, la fabrication des pralines ? Rester debout, immobile, à regarder de loin une casserole sur le gaz. Il y avait juste l'odeur, merveilleuse, prometteuse. Le petit garçon commençait à penser à des choses qu'il aurait voulu oublier : les exercices de calcul à faire pour le lendemain, la géographie : impossible de se mettre dans la tête les affluents de la rive droite de la Loire. Il remuait d'un pied sur l'autre.

– Tu as envie de pisser ? dit le vieux.

– Non.

On entendait toujours :

Ay, Dolores, Dolores...

Une seconde casserole était entrée en action, avec du sucre déjà cuit, mais cette fois augmenté d'eau. Et puis encore une autre casserole, toujours avec du sucre et de l'eau, mais aussi de la gomme arabique. Jean-Baptiste se mit à penser qu'il aurait été plus amusant d'être en bas, à jouer avec les petites cathédrales dorées qui reproduisaient si merveilleusement tous les détails de la vraie, ou à faire pivoter le tourniquet des cartes postales.

La fabrication des pralines maintenant n'allait plus se passer sur le fourneau. Le théâtre principal de l'action devenait la table sur laquelle, Jean-Baptiste s'en aperçut à ce moment, était posée une grande plaque de zinc. Le vieux confiseur avait pris la casserole de sirop. Il y jetait les amandes chaudes. Il remuait avec énergie, en bougonnant. L'odeur était de plus en plus merveilleuse. Les pralines seraient peut-être bientôt prêtes. Mais le vieillard n'en finissait pas de remuer sa spatule. Un instant, Jean-Baptiste crut qu'il avait terminé. M. Alban prit alors la seconde casserole, la vida dans l'autre et recommença à tourner, d'un air furibond. Cela ne cesserait jamais.

Pourtant le plus cruel restait à vivre. Brusquement, M. Alban retourna la casserole, et les pralines, enfin prêtes, de façon finalement assez incompréhensible, se répandirent sur la plaque de zinc. Avec sa spatule, le vieil homme les étala, les sépara les unes des autres. Il fallait peut-être qu'elles refroidissent. Cela aurait été bête de se brûler la langue. M. Alban se mit à tourner en rond, mettant un peu d'ordre dans la cuisine, commençant à gratter et à nettoyer ses casseroles. Des petits bouts de sucre caramélisé avaient sauté jusqu'au bord de la table où se tenait Jean-Baptiste. Furtivement, l'enfant posait son doigt sur eux, le sucre se collait et, d'un geste faussement distrait, il portait son doigt à la bouche. Quand le vieux avait le dos tourné. En même temps, à force de regarder les pralines, il trouvait qu'elles ressemblaient à de petites têtes de mort.

De dos, le vieux, penché sur le fourneau, les casseroles, avait l'air d'un colosse. Il n'en finissait pas de faire le ménage et Jean-Baptiste se reprochait de n'avoir pas la patience d'attendre, et de ramasser, du bout du doigt ou dans le creux de l'ongle, les débris à sa portée, infimes, dérisoires, alors que, dans quelques minutes, il goûterait à des pralines bien entières, avec leur vernis, leur croûte de sucre, leur amande grillée à point. Il se sentait saliver comme un chien.

Il semblait qu'enfin il ne restait plus rien à ranger dans la cuisine. M. Alban fit un tour d'inspection et Jean-Baptiste mit les mains derrière son dos, d'un air coupable. Quand l'ancien confiseur eut fini de tout examiner, il alla chercher une grande boîte en fer, qui avait jadis contenu, d'après sa décoration vieillotte et pâlie, des biscuits Huntley & Palmer. Il ramassa toutes les pralines avec une cuiller et les jeta dans la boîte, dont il ferma ensuite le couvercle.

– Je vais m'en aller, dit Jean-Baptiste d'une voix qui dérailla sur les deux dernières syllabes.

– Oui, c'est terminé.

– Bon. Au revoir, monsieur.

L'enfant descendit et se retrouva dans la cour. De là, il gagna la rue, par un couloir. Mais, avant de rentrer chez lui, il entra dans la boutique de souvenirs. Mme Alban était seule. Il lui demanda :

– Mon père n'est plus là ?

– Non, tu vois bien.

– Il avait dit qu'il reviendrait peut-être me chercher.

– Tu n'as qu'à rentrer chez toi avant qu'il ne fasse tout à fait nuit.

– Vous êtes seule ? La vendeuse n'est toujours pas arrivée ?

– Non, elle n'est pas venue. Je ne sais pas ce qui se passe et j'ai été obligée de garder la boutique tout l'après-midi.

– Vous vous êtes ennuyée.

– J'avais l'intention de faire des courses. Et je n'ai pas pu.

– Mon père aussi voulait faire des courses. C'est peut-être pour cela qu'il n'est pas revenu me chercher.

– Rentre chez toi. Il se fait tard.

– D'accord. Bonsoir, madame Alban.

– Bonsoir, mon petit.

Quand il fut chez lui, Jean-Baptiste trouva son père en train de compter la caisse, l'air maussade.

– Bonsoir, Papa.

– Bonsoir. Tu t'es bien amusé ?

– Pas tellement. C'était très long.

L'enfant hésita longtemps à tout dire. Il restait planté devant la caisse, regardant son père par en dessous. Il se disait : je ne vais tout de même pas pleurer pour ça. Mais il en avait trop gros sur le cœur et il finit par raconter :

– Tu sais, le vieux Monsieur Alban, il m'a laissé regarder tout son travail, pendant des heures, et à la fin, il ne m'a même pas donné une praline.

– Pauvre vieux ! Vois-tu, il y a des jours, ainsi, où l on espère des choses, et puis rien ne se passe comme on l'avait imaginé.

Le père de Jean-Baptiste ajouta :

– Si je te disais que, d'une certaine façon, moi aussi, pas plus tard qu'aujourd'hui, j'ai été privé de pralines.

La lettre sur l'autel

À Orly, au moment de l'enregistrement des bagages, je remarquai un groupe de sept ou huit personnes, et je reconnus parmi elles un ami et ses parents. J'allai leur dire bonjour. Ils m'expliquèrent qu'ils étaient venus en famille accompagner un peu solennellement une jeune fille qui partait pour un voyage définitif. Elle devait rejoindre son fiancé, un frère de mon ami, qui vivait à Madrid. Je ne le connaissais pas, j'avais seulement entendu parler de lui. C'était d'ailleurs une famille avec de nombreux frères, sœurs, cousins et je m'y perdais. On me présenta à la fiancée, une petite brune au teint mat, aux yeux mauves. Une beauté d'Afrique du Nord, sans doute. La famille de mon ami venait de là-bas. Je dis que je me rendais moi aussi à Madrid.

– Vous allez voyager ensemble.

On appela notre vol. La fiancée embrassa tout le monde et, sous les yeux émus des siens, nous franchîmes le contrôle de police.

Une fois installés dans l'avion, elle contre le hublot, et moi à côté, il y eut un temps de réserve, avant et pendant le décollage. Tant que l'appareil n'eut pas atteint son altitude de croisière, nous n'échangeâmes que peu de mots. La fiancée suivait les opérations, attentive à l'extrême. Elle semblait y prendre un plaisir enfantin. Elle ouvrait tout grands ses yeux bordés de mauve, essayant de voir les maisons, les routes, les champs, les forêts, les rivières, jusqu'à ce que nous soyons passés par-dessus les nuages, dans l'éblouissement du soleil, et que soient éteints les panneaux ordonnant de ne pas fumer et d'attacher sa ceinture. Pour marquer que le moment était venu de s'adonner à la conversation, elle me dit :

– Alors, vous connaissez Léon ?

– Non. J'ai beaucoup entendu parler de lui. L'homme de Madrid. Celui de la famille qui a réussi.

Elle ajouta qu'elle ne pensait pas m'avoir déjà rencontré, mais qu'elle savait très bien qui j'étais. Ayant rendu ainsi légitime notre bavardage, elle en revint à son Léon.

– Il gagne beaucoup d'argent. Il vient d'acheter un appartement de deux étages, avec une grande terrasse, avenue Jose Antonio.

– Et c'est là que vous allez habiter.

– Oui. Je vais m'installer chez lui. Nous nous marierons un peu plus tard. C'est difficile de trouver une date. Il faut que tous les parents puissent se rendre libres.

– Et ceux que j'ai vus à Orly, votre père, votre mère, et ceux de Léon, ils savent que vous allez vivre ensemble tout de suite, sans attendre le mariage ?

– Ils sont tout à fait d'accord. De toute façon, alors que nous étions encore enfants, à Tunis, il était déjà convenu que j'étais destinée à Léon.

– Et vous n'avez jamais changé d'avis ?

– Non.

Elle baissa la tête et fronça les sourcils, comme si elle rentrait en elle-même, puis, reprise par le besoin de parler :

– C'est maintenant que j'hésite.

– Vous n'hésitez plus, puisque vous êtes dans cet avion.

– Je ne sais pas si vous comprendrez. Quand nous sommes venus de Tunisie, nous ne connaissions personne. Nous avons vécu en vase clos, ma famille et celle de Léon. Au moment de partir pour l'Espagne, il a parlé de mariage. Mais, en fait, c'était entendu depuis toujours. Simplement, nous étions devenus des adultes et il était temps de réaliser nos vieux projets. Alors Léon est parti, pas avec ma promesse, mais tout comme. Et il a entrepris de faire fortune.

– Pardonnez-moi mes suppositions, mais je crois deviner. Vous êtes tombée amoureuse d'un autre garçon, et vous n'avez rien osé dire.

– Ce n'est même pas ça. Je ne suis tombée amoureuse de personne, en tout cas pas assez pour abandonner Léon. Mais j'ai commencé à fréquenter la fac et j'ai découvert une vie très agréable. Les copains, les rendez-vous au café, les discussions, la musique, les expositions, le ciné quand on y va tous ensemble voir un vieux film. Vous trouvez que je parle comme une provinciale ?

– Moi aussi, je suis un provincial. C'est vrai que lorsque l'on a grandi ailleurs, on est tellement étonné de se trouver à Paris, comme si on avait gagné le gros lot, qu'on ne veut pas en repartir.

– Je veux surtout parler d'une liberté que je ne connaissais pas.

Bien sûr, ce n'était pas à Madrid qu'elle serait aussi libre. Comme si ses pensées suivaient le même cours que les miennes, elle dit :

– L'Espagne, c'est presque l'Afrique.

– C'est sans doute pour cela que Léon s'y plaît. Il retrouve quelque chose de votre pays.

– Lui, ça ne le dérange pas, pourvu qu'il fasse des affaires. Je disais : c'est presque l'Afrique. Ils sont un peu musulmans. Parfois je me figure que je serai enfermée toute la journée, dans le grand appartement de deux étages.

– Vous pourrez toujours aller sur la terrasse.

– Vous vous moquez de moi.

Par les haut-parleurs, le commandant de bord annonça que l'on franchissait les Pyrénées. La fiancée regarda par le hublot, mais on ne voyait que les nuages.

– Hier encore, je suis sortie avec des amis. Nous avons mangé un goulasch rue de la Harpe, puis nous sommes allés au ciné rue de la Huchette, voir ou revoir *Une partie de campagne*. J'avais déjà l'impression de me déplacer dans un rêve. Comment dire ? Ce que je vivais au présent, c'était déjà du passé, puisque je savais que c'était le dernier jour, que le lendemain – aujourd'hui – je serais dans cet avion.

Il me sembla qu'à mesure que le vol se poursuivait, et que, malgré le bruit des réacteurs et le sifflement de l'appareil glissant dans l'air, la fiancée continuait à méditer à haute voix, elle trouvait de plus en plus d'objections à son mariage. C'était étrange d'écouter ainsi une fille qu'une heure plus tôt je ne connaissais pas et qui livrait peu à peu toutes ses pensées, avec d'autant plus de facilité sans doute que, pour elle aussi, l'interlocuteur était à la fois un inconnu et quelqu'un à qui il était naturel de parler.

– Vous connaissez *Une partie de campagne*, bien sûr ?

– Depuis longtemps.

– J'avoue que j'ai versé une larme.

– On pleure facilement au cinéma.

– C'est vrai.

Un peu plus tard, ma voisine déclara :

– J'aime toujours Léon, mais je suis si bien en ce moment à Paris ! Pour la première fois de ma vie, j'avais le sentiment d'être heureuse.

– Quel genre d'études faisiez-vous ?

– De l'espagnol... Évidemment...

– Si la vie à Madrid vous déplaît trop, vous n'aurez qu'à rentrer à Paris. Vous saurez peut-être à quoi vous en tenir avant d'être mariée.

– Non. Je connais Léon. Il ne me laissera pas repartir.

La fiancée tournait et retournait dans sa tête le pour et le contre, mais le contre ne cessait de grossir, et elle devenait triste. Ses yeux bordés de mauve viraient au noir. La tristesse me gagnait à mon tour.

– Rien n'est irréparable, proférai-je.

Aussitôt je pensai que je venais de dire une bêtise. Il existe des choses irréparables, et comment ! Ne serait-ce que le fait que nous allions vers Madrid et Léon à une vitesse proche de mille à l'heure. Et bientôt, en effet, on annonça l'atterrissage. Un bus nous conduisit de l'avion à l'aérogare. Nous avons passé la douane et la police. Les personnes venues attendre les voyageurs se tenaient un peu plus loin, près des tapis roulants par où vous reviennent vos bagages. La fiancée se précipita vers un grand jeune homme brun et frisé, se jeta dans ses bras et se hissa vers lui, qui était beaucoup plus grand qu'elle, pour un long baiser. J'aperçus ma valise qui arrivait doucement en cahotant. Je la saisis par la poignée et filai vers la sortie. Les amoureux continuaient à s'embrasser, et je commettrais sans doute une injustice si j'écrivais que les bras de Léon s'étaient refermés sur la fiancée comme un piège.

Ce petit talent, ou bien est-ce un don du ciel, pour faire parler des inconnus, je l'ai éprouvé maintes fois. Mais pourquoi faut-il que les confidences de la fiancée, dans l'avion Paris-Madrid, me fassent penser à celles, pourtant fort différentes, que je reçus sur un banc, dans une ville située au cœur de la Bretagne. Dans ce pays, les jours d'été, les vieux sortaient de l'hospice, après la sieste et allaient s'asseoir sous les ormes, au bord de la terrasse bâtie sur les anciens remparts. De là, leurs yeux un peu envahis de brume pouvaient se reposer sur les épaulements sans fin de la montagne et de la forêt bretonnes, du vert et du noir. J'avais fait halte sur un de ces bancs, par anticipation peut-être. Je m'étais assis poliment à un bout, l'autre étant déjà occupé par un petit bonhomme, le menton appuyé sur une canne ancienne à pommeau d'ivoire qu'il tenait entre ses jambes. Il se mit à remuer pour signifier qu'il avait à dire quelque chose. Ayant ainsi obtenu mon attention, il demanda :

– Vous n'auriez pas un peu de tabac ?

Je lui tendis mon paquet de cigarettes et lui donnai du feu. Il me remercia en se présentant :

– Olivier du C.

Je lui demandai s'il était bien, dans cette maison de retraite. J'évitai de justesse d'employer le mot hospice. Les pommettes saillantes, les orbites creuses, le nez mince et busqué, le teint ivoirin, tout cela recouvert d'un vieux chapeau de paille, ce que l'on appelle un panama, je crois. Olivier du C. avait l'air, dans son grand âge, d'un inoffensif oiseau effarouché.

– Pas trop mal, me dit-il. Je ne suis là que depuis deux ans. On m'y a envoyé pour finir mes jours. J'ai quatre-vingt-deux ans.

Il avait l'accent breton, qui le faisait scander ses phrases, en accentuant certaines syllabes.

– Vous n'aviez pas de famille ? Vous n'étiez pas marié ?

(Ça y est, me dis-je, encore ma manie de faire parler les gens. À coups de petites questions suivies de grands silences, ils ne résistent pas et se mettent à dévider leur histoire.)

– Non, je n'ai jamais été marié, comment voulez-vous ?

Il se mit à hocher la tête, comme s'il était étonné, et même offensé. Je le laissai tirer sur sa cigarette. Il finit par me jeter, comme une provocation :

– Avant, j'étais à L.

Et comme il vit que je ne comprenais pas, il répéta :

– À L., vous ne connaissez pas ? Chez les fous ?

– Vous étiez hospitalisé ?

Il hocha la tête.

– Vous devez quand même être mieux ici, dis-je.

– J'avais passé ma vie là-bas. Mais quand j'ai eu quatre-vingts ans, ils m'ont mis dehors. Ils ont dit que je n'étais plus dangereux. Heureusement, on a bien voulu de moi à l'hospice.

– Toute votre vie, dites-vous.

– Oui. À la demande de ma famille.

Il semblait très ému, son chapeau s'était mis de travers.

– Excusez-moi, dis-je hypocritement, de vous avoir involontairement mené à évoquer des choses aussi pénibles.

– Je suis d'une très bonne famille, poursuivit-il. Des petits nobles, des notaires et des avoués. J'ai reçu une bonne éducation, chez les frères. À dix-huit ans, j'étais un beau jeune homme, très coquet, très élégant. Je plaisais aux demoiselles. J'imitais ceux qu'on appelait les gommeux.

– En 1900 ?

– Bien avant 1900. C'est en 88 que j'ai été interné. J'avais dix-huit ans, je vous dis. Et maintenant, je suis dans ma quatre-vingt-troisième année.

– Et vous êtes passé d'un siècle à l'autre, vous avez vu éclater et finir la Grande Guerre, puis la Seconde Guerre mondiale, tout cela sans sortir de l'asile ?

– Parmi les fous. Je sais, j'avais commis un acte abominable. Vraiment très mal. Mais je trouve qu'ils y sont allés un peu fort. Me faire interner pour tout le reste de ma vie !

Je demandai à Olivier du C. s'il pouvait me dire quel était ce forfait, ou s'il préférait le taire.

– J'ai souvent écrit des lettres au préfet et au procureur de la République pour demander que l'on me remette en liberté. Ils ne m'ont jamais répondu. Vous savez, mes parents avaient signé la demande d'internement. Le préfet et le procureur ne vont pas chercher plus loin.

Il me demanda une autre cigarette.

– À L., on ne m'a jamais embêté avec des soins, des drogues ou des trucs comme ça. Je suis d'un naturel tranquille, et il n'y a jamais eu d'histoire avec moi.

Il ajouta, avec force, ce qui accentua encore son accent breton :

– Je n'ai jamais été aux agités !

Les agités... Quel drôle de mot pour une maladie !

Olivier du C. était rentré en lui-même, comme quelqu'un qui revoit son passé. Mais à quoi pouvait-il s'accrocher, lui dont chaque jour avait été semblable au précédent et au suivant ? Il se découvrit, gratta un peu son crâne chauve et remit son panama bien droit sur sa tête.

– Vous voulez savoir ce que j'avais fait ? Je me demande ce qui m'avait pris. A dix-huit ans, on a toujours envie de commettre quelque bêtise, pour prouver que l'on existe, que l'on est capable de faire des choses par soi-même, et pas seulement pour obéir aux parents et aux maîtres. Que l'on n'est pas un zéro. Un après-midi, je suis allé à l'église, et j'ai déposé sur l'autel un papier sur lequel j'avais écrit : « Vive le Diable ! » Quand on a trouvé le papier, cela a été un terrible scandale. Personne ne m'avait vu. Mais j'étais sûr que l'on allait me démasquer, je commençais à me troubler. Et, en effet, on a reconnu mon écriture, et il a été facile de me faire avouer. Alors, mon père n'a pas hésité. Il m'a fait enfermer chez les fous. De toute façon, je n'aurais plus pu me montrer dans le pays.

– Il aurait dû trouver autre chose. Vous faire engager dans la marine...

– Il n'y a pas pensé.

– Et c'est uniquement pour avoir écrit : « Vive le Diable ! » que l'on vous a gardé enfermé plus de soixante ans !

– C'est la seule raison ! Évidemment, c'était affreux, ce que j'avais fait. Mais vous ne trouvez pas qu'ils ont un peu exagéré ?

Les asiles sont remplis d'hommes et de femmes qui ne cessent de clamer qu'ils sont sains d'esprit. Mais j'ai cru Olivier du C. Dans son grand âge, il gardait une ingénuité d'enfant (au point qu'il était possible, par moments, de le soupçonner d'une légère débilité mentale). Et sa façon de demander justice était tellement discrète, timide que l'on avait l'impression qu'il n'était pas loin de donner raison à ses bourreaux.

Cela fait des années que j'ai connu ce pauvre homme, sur un banc, face à un paysage de Bretagne. Olivier du C. doit être mort depuis longtemps, enfin délivré de Dieu, du Diable et des hommes. Sans vouloir faire de rapprochements indus et abusifs, je ne peux m'empêcher de me poser une question. La fiancée, le jour où elle est descendue de l'avion de Madrid, a-t-elle, elle aussi, perdu sa liberté, pour toute la vie ?

Mireille

On se sentait entre gens discrets et qui avaient eu des revers...

Léon-Paul Fargue.

Je ne sais pourquoi, cette nuit, j'ai rêvé à Hollywood. J'étais devant ma villa, dans le jardin, en plein soleil. Sa lumière était si vive que tout était décoloré, comme un film surexposé. Et il faisait froid, jusqu'aux os. À mon réveil, je frissonnais. La couverture était tombée par terre et c'est sans doute l'explication de ce rêve glacé. J'ai passé mes mains sur mes bras, frottant cette peau rêche, comme des écailles. Quelle affreuse maladie ! Ta peau accroche la lumière, répétait Michel, le directeur de la photo. Pourquoi retourner en rêve à Hollywood ? Je n'y suis restée que cinq mois. Ce n'était pas un endroit pour moi. Pour quelle raison m'avaient-ils engagée, puisque rien de ce que j'étais ne leur plaisait. Le maquilleur voulait transformer mon visage, remonter les sourcils, agrandir la bouche. Le coiffeur avait décidé de supprimer ma raie sur le côté droit. L'attaché de presse réinventait de toutes pièces ma biographie. L'histoire de mes amours !... Quelle bêtise ! Bien sûr, tout le monde a des amours, mais cela ne fait pas une histoire. Dès que j'ai pu, j'ai quitté cette usine. J'avais envie d'être chez moi, à Paris, ou dans ma villa de Cannes. Maintenant, mon chez-moi, c'est ce deux-pièces.

au sixième, rue des Acacias. Je ne déteste pas ce quartier des Ternes. Il est vivant, il y a des commerces, un marché. Et puis, sa situation en contrebas. Là-haut, les Champs-Elysées et l'Étoile, pour les temps de gloire. On dirait que c'est en dégringolant que je suis arrivée jusqu'ici.

Mistigri, mon gros chat de gouttière, les yeux mi-clos, me surveille.

– Mistigri !

Il s'étire, mais ne vient pas.

– Mistigri ! Nous allons déjeuner ?

Il continue à me surveiller paresseusement, compagnon dédaigneux. Il attend que je me lève.

Il fait froid. Je rallume le radiateur à gaz. Je passe dans la minuscule cuisine, une vraie cuisine parisienne, comme on disait autrefois quand on voulait parler d'une cuisine trop petite. Une expression que j'entendais dans mon enfance. Pour moi, du thé. Pour lui, un morceau de rate. Il retourne ensuite dans son fauteuil et entreprend une longue toilette. La mienne est vite faite : une douche, quelques coups de brosse. Mes cheveux sont devenus cassants. Vais-je me peser ce matin ? Pour voir que j'ai encore maigri ! J'enfile un pantalon et un pull. Si je dois sortir, je noue un foulard autour de ma tête. J'ai gardé l'habitude de me lever tôt. La voiture du studio venait me prendre parfois dès sept heures, pour me conduire à Boulogne, à Joinville ou à Épinay. Et avant, c'étaient les horaires militaires du pensionnat, avenue Victor-Hugo.

Aimez qui vous aima du berceau dans la bière ;
Celle que j'aimai seul m'aime encore tendrement :

C'est la Mort — ou la Morte... Ô délice ! Ô tourment !
La rose qu'elle tient, c'est la Rose trémière.

Mon Dieu, que j'étais romantique à seize ans ! Je me soûlais de poésie. J'en ai gardé l'amour des livres. Un peu plus tard, il m'arrivait de sauter un repas pour acheter une belle édition.

Je passe mon vieux manteau beige râpé. Il y a longtemps que mes fourrures ont été vendues.

– Au revoir, Mistigri ! A tout à l'heure !

Pas de réponse.

Je tire la porte et la ferme à clé, par habitude. Il n'y a rien à voler ici. Plus de bijoux, ni d'argent. Presque tous les jours, je vais passer quelques heures dans un appartement, du côté de la porte Champerret, où je retrouve des gens qui me ressemblent. Des artistes qui ont tout perdu, leur gloire, leur fortune, leur talent, leur beauté. Ce ne sont pas des vieux, ce n'est pas Ris-Orangis. Quand je pense que je n'ai pas cinquante ans ! Ceux de la porte Champerret ont eu des malheurs. Leur carrière a été brisée. Là-bas, on nous aide matériellement. Alors que j'étais à la rue, l'œuvre m'a procuré le logement de la rue des Acacias. Nous avons monté une popote et souvent j'y reste déjeuner. On essaie surtout de nous remonter le moral, de nous dire que tout peut recommencer. Moi je n'y crois pas, je suis trop malade. Il y a pourtant des projets dans l'air, on parle, on rêve. Nous nous faisons un peu de bien les uns aux autres.

Dans le métro, chaque fois, je ne peux m'empêcher de regarder les affiches. Il y a de plus en plus de belles filles pour donner envie de robes, de voyages, d'appareils ménagers. L'objet importe peu. C'est ainsi que j'ai commencé. Quand je pense à la colère de papa, à sa honte ! Sa fille sur une affiche, sur les journaux ! Je venais d'avoir mon bac, et lui était justement en train de sombrer dans des ennuis d'argent. Notre famille traversait une mauvaise passe. La mort dans l'âme, il pensait qu'au lieu de l'avenir qu'il avait rêvé pour moi, je n'avais plus qu'à me faire secrétaire. Il s'y résignait, finalement, tandis que poser pour des affiches... À vrai dire, ce n'était pas cela mon ambition. Je voulais devenir mannequin. J'imaginais un salon de haute couture, un jour de collection. Je défilais en mettant en valeur les robes les plus belles, les plus folles. Je savais me tenir droite, marcher, tourner... On applaudissait la robe, et un peu moi, aussi...

J'ai failli rater la station. « Toujours la tête en l'air », me disent mes amis de la porte Champerret. Je n'ai pas été mannequin, et je n'ai été secrétaire que le temps d'une photo publicitaire. On m'a fait prendre la pose, derrière une machine à écrire. Je souriais en brandissant une feuille de papier carbone. La publicité parut en pleine page, dans un magazine féminin. Et c'est en me voyant avec la feuille de carbone qu'un grand metteur en scène a eu envie de me faire tourner et m'a donné mon premier rôle au cinéma. J'ai joué dans soixante-cinq films, mais au théâtre non, jamais. Pour moi, le théâtre, c'est la monotonie de la vie. Tous les soirs, il faut faire les mêmes gestes. Je ne me voyais pas, ouvrant tous les soirs la même porte à neuf heures dix. Chaque film, au contraire, est une nouvelle aventure. Et quand on arrivait à la fin d'un tournage, j'étais mélancolique. C'était une chose qui ne reviendrait plus, une équipe qui se dispersait. En dehors du tournage, d'ailleurs, je ne voyais pas tellement les gens de cinéma. J'étais restée timide, je n'osais pas m'identifier à ce monde qui fait tant de bruit, se donne tant d'importance. Et personne n'a cherché à m'apprivoiser. On me croyait distante, on me reprochait mes silences. C'est vrai, je suis en train de bavarder, et soudain plus rien. Je suis ailleurs. « Toujours la tête en l'air. » Les gens n'aiment pas.

Porte Champerret, c'est un des grands immeubles bâtis sur les anciennes fortifications. Au deuxième, dans l'escalier numéro 13. Un détail qu'on n'inventerait pas. Aujourd'hui, il y avait déjà Paul, qui a été le rival de Jean Gabin, jusqu'au jour où un camion le renversa. Cette curieuse femme, à la silhouette de garçon, qui était pilote de course et qui est entrée dans la foule, un jour de grand prix, à São Paulo, tuant quarante personnes. Une starlette qui se faisait appeler « le plus beau sourire de France » et qui a été défigurée dans un accident de la route, le rétroviseur encastré dans le visage, le jour où elle venait de signer son contrat pour Hollywood. Un prestidigitateur devenu aveugle. Un chanteur de charme qui a failli brûler vif. Un chansonnier humoriste atteint de dépression, qui sanglote pour un mot. Une femme fatale de l'écran, mangeuse d'hommes, qui, un jour, a été à moitié bouffée par un tigre pour avoir voulu faire un numéro de dompteuse, à Medrano. Voilà notre société, notre compagnie. Avec nous, on ne sait plus très bien quel sens gardent les mots bonheur, souffrance, espoir et quelle idée nous nous faisons de la vie, au bout de si singuliers chemins.

Personne ne se plaint. Si l'un de nous récrimine, on le met à l'amende. On lui tend une tirelire en forme de champignon. Tout le monde crie alors :

– Champignon ! Champignon !

Nous sommes un peu puérils.

Une grosse femme qui a été une actrice populaire des films marseillais est arrivée après moi. Dès qu'elle ouvre la bouche, même ici, elle fait rire. Aujourd'hui, à peine entrée, elle s'est mise à raconter :

– Je suis allée voir sainte Rita, à sa chapelle, en face du Moulin-Rouge, et qu'est-ce que je l'ai enguirlandée ! « Rita ! Ça fait deux tours que tu me joues : une maladie, et un contrat raté. Si tu continues, je m'adresse à un autre saint ! »

Elle s'est dirigée vers une fenêtre et l'a ouverte, mais tout le monde a protesté. Le malheur nous a rendus frileux.

J'ai toujours eu peur des aveugles, alors j'évite de m'asseoir à côté du prestidigitateur. Aujourd'hui, je n'ai pas pu faire autrement, et je me suis trouvée coincée contre lui. Il m'a dit :

– Comme vous étiez belle ! Je me souviens...

J'ai répondu :

– Vous avez raison. J'étais belle, mais je ne le suis plus.

– Ce n'est pas cela que je voulais dire. Simplement, comme je vous trouvais belle, quand j'y voyais encore !

– Croyez-moi, parmi tout ce qui s'offre aux yeux, la variété de tout ce qui est beau dans la nature, les objets, les animaux, les hommes et les femmes, ce n'est pas mon image qu'il faut regretter.

– Savez-vous ce qui a été le plus triste ? Me séparer de mes tourterelles. Je les faisais sortir d'un chapeau. Quand j'ai perdu la vue, je les ai données. Cela me faisait mal de les entendre.

Je me suis mise à penser aux tourterelles, autant dire à rien. Encore une de mes absences. Inquiet, le prestidigitateur m'a rappelée à la réalité.

– Vous êtes encore là ? Je ne vous entends plus.

– Excusez-moi.

– Je pourrais encore faire un numéro de transmission de pensée. Je sais toujours le *Double* par cœur.

– Le *Double* ?

– C'est un code de quatre-vingts pages qui permet à votre partenaire, dans la salle, de vous souffler toutes les réponses.

– Oui, vous pourriez.

– Le public n'aime pas un artiste aveugle. Les enfants encore moins que les grandes personnes. Ils n'aiment pas avoir pitié.

Il sourit. Les aveugles ont cet air presque en permanence, on se demande pourquoi. Je dois être comme le public, comme tout le monde, je dois faire un effort pour continuer à l'écouter. Il parle de moi, maintenant :

– On m'a dit que vos films repassent à la télé.

– Je n'ai pas envie de les revoir. Je veux dire de me revoir. Cela ne m'a jamais beaucoup intéressée.

– Pourquoi ?

– Aujourd'hui, je suis celle que vous connaissez, et rien d'autre. Je n'arrive plus à croire que l'actrice d'autrefois, c'était moi.

– En ce temps-là, les journaux étaient pleins de vos amours avec le grand chanteur corse...

Lorsqu'un producteur avait voulu me présenter à lui, j'avais répondu : « Je n'aime pas les Corses. » Comment prévoir la façon dont la vie s'amuse de nous ?

– Je suis indiscret. C'était vraiment un grand amour ? Ou bien un peu exagéré, pour la galerie, pour la publicité ?

– Franchement, je n'en sais plus rien.

Récemment, un journaliste m'a retrouvée, et il m'a interrogée lui aussi sur ce célèbre amour. J'ai répondu :

– Je m'ennuyais avec lui.

J'avais lâché ces mots sans réfléchir. Le journaliste a paru scandalisé. Bien sûr. Toute une génération s'était attendrie. Des jeunes filles et des grand-mères avaient versé des larmes. Sans parler des femmes mécontentes de leurs maris. Nous avions fait couler des litres d'encre.

– Je m'ennuyais avec lui.

C'est vrai.

J'avais une villa dans le Midi. En y revenant, après un tournage à Paris, je n'y trouve plus que des gravats. Il avait voulu me faire une surprise, en transformant la villa en style vénitien, pour rappeler le décor d'un de nos films. Mais les travaux traînaient. Il était sorti de ma vie depuis un moment que les plâtriers étaient encore là.

Cette villa, d'ailleurs, on disait qu'elle portait malheur à ses propriétaires. Que deux s'étaient tués, après avoir tout perdu au casino de Cannes. Qu'un troisième avait été ruiné. Mais pourquoi aurait-elle été à vendre, et comment aurais-je pu l'acheter, si ceux qui la possédaient n'avaient pas eu des ennuis d'argent ? Du reste, en ce temps-là, je ne croyais pas au malheur.

Je répète, à l'intention de l'aveugle :

– Je n'en sais plus rien... Tout ce que je peux dire, c'est que cette histoire a duré quatre ans. C'est peu...

J'ai toujours été étonnée qu'il y ait eu tant de bruits et de rumeurs autour de moi.

La grosse Marseillaise s'approche de nous. Elle met la main sur l'épaule de l'aveugle et lui dit :

– C'est la plus gentille, hein ?

Je proteste :

– Moi ? Je ne fais rien, je ne dis rien...

– Justement. Tu ne te plains jamais ! Pourtant, tu aurais de quoi !

– Tu sais bien que c'est défendu par le règlement. Il y a le champignon !

– Je sais ce que je dis !

J'ai la gorge un peu serrée, et je me dis que je serai mieux seule. Je prends congé du prestidigitateur, de la grosse actrice marseillaise et de tous les autres. L'aveugle me dit bizarrement :

– Revenez me voir.

Il parle toujours ainsi. Il parle d'aller voir les gens.

Je décide de marcher un peu et je me dirige à pied vers la place Pereire, puis je prends l'avenue Niel. Le ciel a beau être bleu, on est en janvier, bientôt il va virer au jaune et le jour baissera. Pourquoi les gens me parlent-ils toujours du chanteur ? Je n'en sais pas plus qu'eux. C'est une histoire morte.

Tout s'est joué en si peu d'années ! Mes débuts, mon succès, mon aller et retour pour Hollywood, ma célèbre romance avec le chanteur et ce coup de cœur, pendant la guerre, qui m'a coûté si cher, ce n'était qu'une période de dix ans, onze peut-être. Qu'est-ce que dix ans ? La femme d'aujourd'hui, cette épave, a déjà duré plus longtemps que la vedette.

Je suis fatiguée. Je prendrai un autobus au prochain arrêt. Le 83 ou le 92 doivent passer par là. Je ne sais pas pourquoi ma vie privée a fait l'objet de tant de tapage, de scandale. Avec Helmuth, pendant la guerre, il aurait peut-être fallu que nous nous cachions. Que nous nous comportions à la façon d'un couple adultère. Comme si j'étais mariée avec la France et que je doive recevoir en cachette mon amant, l'officier autrichien. Pas même nazi. Un Viennois. Il n'aurait pas compris que je refuse de l'accompagner au restaurant, au théâtre, dans les boîtes. Alors on a dit que je m'affichais. Est-ce que je regrette ? C'est toujours difficile à dire, quand un amour est terminé. Je ne suis pas une femme qui se complaît dans le passé. Comment peut-on vivre, si l'on pense à ce que l'on a été et qui n'existe plus, à ce que l'on a eu et dont on doit dire plus jamais ! Je sais que plus jamais un homme ne m'aimera, qu'il n'y aura plus jamais un corps d'homme dans mon lit. Je ne suis pas l'exception, si cela peut consoler. L'aveugle, tout à l'heure, a un peu remué ces vieilles années. Une fois arrivée chez moi, je n'y penserai déjà plus.

Je comprends aujourd'hui que, pendant que j'étais heureuse, on traitait des hommes et des femmes pire que du bétail, on massacrait des innocents, et qu'ensuite, j'ai dû payer pour mon égoïsme. Heureuse ? Est-ce que j'ai jamais été heureuse ? C'est un mot qui ne m'est pas habituel. Ce qu'ils ont de bien, porte Champerret, c'est qu'ils ne demandent jamais de comptes. Ils ne vous demandent pas comment vous en êtes arrivée là. Ils ne se permettent pas de juger. Un raccommodeur de porcelaine ne vous reproche pas le geste qui vous a fait casser le vase. Il essaie de recoller les morceaux, c'est tout.

Même si l'on ne m'avait pas interdit de tourner, après la Libération, ma carrière n'aurait pas été plus loin. En 1947, j'ai pu revenir au studio. Le film s'appelait *La Dernière Chevauchée* ! Et immédiatement, je suis tombée malade. Au début, j'ai pensé : voilà mes années de vaches maigres qui commencent. C'est normal. J'ai eu tellement de chance, avant ! Mais on dit que les vaches maigres durent sept ans. Les miennes, cela fait déjà presque deux troupeaux ! Ces mois et ces mois d'hôpital – brèves sorties, puis rechutes – me semblent une seule longue journée, cotonneuse, où mon corps hésitait entre la vie et la mort. Pas seulement mon corps. Un médecin m'a dit un jour :

– Je doute que vous vouliez vivre. Vous savez, si vous n'avez pas ce désir, nous ne pouvons rien. Nous autres, nous réparons un peu les dégâts, mais ensuite, c'est à vous de jouer. Si vous n'avez pas envie de vivre, votre mal s'aggravera, votre organisme ne saura plus se défendre.

J'étais étonnée. J'avais eu des hauts et des bas, mais je n'avais jamais pensé au suicide. La question du médecin demandait réflexion. Est-ce que j'avais encore envie de vivre ? Je n'avais plus que ma peau, et dans quel état ! L'argent, bien sûr, avait disparu. Mais j'ai fini par me dire que ma peau, même si elle n'est pas belle, j'y tiens encore. Et je survis.

Voici l'autobus 92.

L'automne en mai

Il revenait de travailler à la bibliothèque de l'Arsenal, des recherches sur des auteurs de théâtre du dix-neuvième siècle tout à fait oubliés. Il avait l'intention de prendre le métro à Sully-Morland. Au moment où il allait descendre l'escalier, il entendit des détonations et des explosions, venant de la rive gauche. Il s'arrêta un instant, pour écouter. Il vit, à quelques pas de lui, un homme et un petit garçon d'une dizaine d'années qui écoutaient, eux aussi. L'homme prit l'enfant par la main et chercha à l'entraîner vers la bouche de métro. Mais l'enfant résista et se mit à tirer son père dans le sens opposé. Il y eut une petite lutte et l'homme céda. L'enfant voulait aller vers le pont, vers l'autre rive, vers l'endroit d'où venaient les éclatements de grenades.

À leur suite, il prit le pont Sully, puis le boulevard Saint-Germain, en direction de Maubert. Il s'amusait de voir ce gosse attiré par la bataille, et son père, prudent, ayant peur pour lui sans doute, mais faible et finissant par se soumettre. Cet homme devait se dire : « Puisqu'il en a tellement envie, allons regarder un petit peu, mais pas trop loin. Je saurai bien m'arrêter avant que ce soit dangereux. » Et lui, sous le prétexte futile de voir jusqu'où ils iraient, se comportait de même.

Depuis le début du mois, il se disputait tous les jours avec Odile. Elle avait pris feu et flamme. Elle ne manquait pas une manifestation. Elle passait ses journées au Quartier Latin. Lui refusait de la suivre, avec toute la mauvaise volonté dont il était capable.

– Je ne suis ni jeune, ni étudiant. Alors, en quoi cela me concerne-t-il ?

Phrase sournoise qui suffisait à la mettre en rage. Boomerang savamment équilibré qui allait d'abord la frapper, puis revenait atteindre celui qui l'avait lancé, lui rappelant qu'il avait passé l'âge de lancer des pavés et de courir devant les flics. Une nouvelle et encore moins agréable façon de retrouver le sentiment d'être exclu, qui l'avait habité si souvent au cours de sa vie.

Tout le dépaysait. Les mots étaient en train de changer de sens. Les anarchistes, par exemple. Lui les connaissait, les anarchistes, du moins les anciens. Il était entré une fois dans une petite librairie poussiéreuse, du côté de la Butte-aux-Cailles, poussé par le goût des vieux bouquins. La boutique était déserte. Il avait attendu le patron qui avait fini par revenir du bistrot d'en face. La librairie n'était pas spécialisée. Il y traînait un peu de tout. Mais les livres militants, Bakounine, Louise Michel, Max Stirner, Lissagaray, Malatesta étaient groupés dans un ancien présentoir de la Bibliothèque Rose. Le libraire était vêtu avec soin. Des lunettes métalliques lui faisaient une tête de comptable. Sa seule fantaisie était qu'il avait autour du cou un lacet, en guise de cravate.

Il avait sympathisé avec le libraire, lui trouvant pour seul défaut de mieux aimer le bistrot voisin que sa boutique. Chez lui, il avait connu quelques vieux anars, d'anciens correcteurs d'imprimerie, des apôtres du naturisme, des adeptes de l'espéranto, des admirateurs de Han Ryner et aussi des Espagnols, exilés depuis la chute de Barcelone. Un monde plein d'idéal, d'illusions sans doute, mais aussi de chaleur humaine. Chaque année, au mois de mai, le libraire lui proposait des billets pour leur gala, à la Mutualité. La recette leur permettait de faire vivre leur journal tant bien que mal pendant douze mois, et aussi de se retrouver, de se compter, de se sentir moins seuls. Il avait pris goût à ce gala annuel, à son public bon enfant, chaleureux.

Mais voici qu'ils n'étaient plus seuls du tout. Des drapeaux noirs se mêlaient aux drapeaux rouges dans les rues. Et une grande partie des jeunes en révolte se disaient anarchistes. Mais il doutait qu'ils eussent grand-chose à voir avec ses amis de la Butte-aux-Cailles.

Par malheur pour ceux qu'il appelait maintenant en lui-même les vieux anars, ceux-ci avaient annoncé depuis longtemps que leur gala annuel aurait lieu le 10 mai. Il se dit qu'ils allaient être coincés. S'ils annulaient la fête, ils n'auraient plus d'argent pour imprimer leur journal. Et de quoi auraient-ils l'air s'ils la maintenaient, et se réunissaient pour écouter des chanteurs, au moment où, des pavés arrachés, renaissaient les barricades de toujours !

Ce même 10 mai, lui aussi se trouvait au pied du

mur. Sa querelle avec Odile avait atteint un point critique. Il pensa qu'il avait fait bien peu d'efforts, qu'il devrait y mettre du sien. Ce n'était tout de même pas un grand sacrifice que d'accepter de l'accompagner voir une manifestation. Il pensait voir, mais elle ne se contenterait sans doute pas de voir. Il décidait de montrer un peu de gentillesse, mais ce n'était pas de la gentillesse qu'elle attendait. C'était une adhésion.

– Il y a un rassemblement en fin d'après-midi à Denfert-Rochereau, annonça Odile qui était toujours au courant de tout.

– D'accord. On y va.

– Tu ne peux pas rester éternellement à l'écart de ce qui se passe.

Ils prirent le métro. Il y avait un monde fou et il faisait très chaud dans la voiture. Beaucoup de jeunes qui se rendaient sans doute à la manifestation. Ils restèrent debout, se tenant à une barre verticale. Odile était vêtue d'une jupe de toile kaki et d'un tee-shirt jaune qui moulait fièrement ses seins.

– Il y a plein de jolies filles, là-dedans, lui dit-il.

Pour lui, le métro, si généralement décrié, avait de bons côtés. La rêverie et la contemplation des femmes.

Il demanda ensuite :

– Tu crois que la station Denfert sera ouverte ? D'habitude, quand ça barde, on ferme les stations.

Odile haussa les épaules.

– Toujours négatif !

– Tu sais, j'en ai un peu marre. La Libération... (il faillit raconter une fois de plus comment il avait été collé au mur et à deux doigts d'être fusillé au coin du boulevard Saint-Germain et de la rue de Lille, mais il réussit à s'abstenir). Et au moment de Charonne, j'ai encore manqué me trouver au bon endroit... Et quand ce Debré ridicule a appelé au secours en annonçant que les paras débarquaient, c'était le début de notre amour, ma chérie, et tu m'as fait lever, alors que j'avais une crise de rhumatismes à hurler... Alors, cela suffit. Je ne vais pas passer ma vie à courir d'une révolution à l'autre. Surtout que celle-ci, c'est bien mignon, mais ce n'est quand même pas très sérieux.

– Cela prouve que tu es vieux, c'est tout.

Il s'enfonça dans le silence. À Denfert, la station était ouverte. Le métro bondé se vida presque entièrement. Un peu bousculés dans la cohue, ils remontèrent à la surface. À mesure qu'ils arrivaient au jour, les voyageurs du métro se fondaient dans une foule déjà épaisse. Il prit Odile par la main pour ne pas la perdre.

Des jeunes gens s'étaient perchés sur le lion de Belfort, plusieurs sur le socle, quelques-uns, échelonnés, s'étaient calés entre la cuisse et l'échine. Un seul était juché au sommet, sur la tête. Mais ceux de l'échine et celui de la tête étaient à contresens, si l'on peut dire : le lion regarde vers l'avenue du Maréchal-Leclerc et ses passagers étaient tournés vers l'avenue Denfert-Rochereau. Pour l'instant, il ne se passait rien. On attendait.

Comme cela se produit toujours dans ces grandes foules, ils rencontrèrent des gens qu'ils connaissaient. Puis, à peine le temps d'échanger quelques paroles, ils les perdaient.

– Il y a du monde, dit-il à son amie.

Il se remit à jouer au jeu du métro, c'est-à-dire à regarder les filles. Comme elles étaient jeunes ! Une nouvelle race. Grandes, leurs longues jambes moulées jusqu'à la hanche par les blue-jeans. D'autres en jupe courte, étroite. Des cheveux longs qui tombaient sur les épaules, ou bien très courts et bouclés. Beaucoup portaient un imperméable. Quelques-unes étaient simplement en pull, les seins tout ronds. Il essaya d'élire la plus belle. Au bout d'un moment, il vit passer une blonde au visage lumineux, avec des cheveux longs, retenus en un chignon qui se défaisait un peu. Elle était vêtue d'un jean et d'un blouson ouvert sur un pull blanc, volontairement trop court, et qui laissait voir un peu de peau. Il la choisit comme Muse de Mai. Malgré son côté radieux, ce n'était d'ailleurs pas une muse entièrement triomphante, ce qu'il n'aurait pas aimé. Il y avait une faiblesse dans le bas du visage, le dessin des lèvres et du menton était encore de l'enfance, fait pour passer très vite du sourire aux larmes. Irrésistible. Mais bientôt elle s'éloigna, fut absorbée dans la foule et, pendant quelques secondes, il en eut le cœur serré.

– À quoi penses-tu ? dit Odile.

– Il ne se passe rien. Qu'est-ce qu'on fait ?

– Attends un peu.

Il aperçut une fille plutôt petite, frisée, qui tenait un drapeau rouge. Deux grands yeux gris contrastant avec un petit nez, une bouche étroite mais charnue lui composaient un visage chiffonné, presque pathétique. Sa taille mince était enfermée dans un gros ceinturon. Son pull beige élimé laissait deviner les bretelles du soutien-gorge. Mais elle ne valait pas la blonde de tout à l'heure.

Il soupira. Pour lui maintenant, la jeunesse, c'était cela, ces images fugitives. Ce qu'il ne cessait de perdre, d'avoir perdu.

– Tu ne te sens pas bien ? dit Odile. Tu ne vas pas avoir un malaise ?

– Mais non.

Les organisateurs de la manifestation semblaient flotter. Ou bien attendaient-ils qu'il y ait encore plus de monde. Allaient-ils montrer la direction du boulevard Saint-Michel, vers la Sorbonne occupée par les C.R.S. Et sinon, vers où aller ? Comment contourner le Quartier Latin, bouclé par la police ? Fallait-il marcher vers Montparnasse ? Un dialogue laborieux s'était établi entre les gens du lion de Belfort et d'autres, restés à terre. Après un temps très long, il y eut un mouvement, des mots d'ordre, accompagnés d'ailleurs de protestations, et la foule commença à se déverser dans le boulevard Arago où elle forma un épais cortège.

À présent, ils piétinaient au cœur de cette longue colonne qui avançait lentement, avec des à-coups, du surplace. Le rythme des pas était contrarié.

– Ne traîne pas des pieds, dit Odile.

Il avait toujours détesté les promenades, surtout en groupe et même à deux. Il se mit à penser au temps de son enfance, quand sa mère l'obligeait à l'accompagner au marché, l'interminable errance entre les rangs de fruits et de légumes avant qu'elle se décide enfin à un achat. Autour de lui, les manifestants ne semblaient pas souffrir du même ennui. Ils étaient de bonne humeur. À de rares moments seulement ils scandaient des slogans. Le plus souvent, ils bavardaient, échangeaient des plaisanteries, de sorte qu'il montait de leurs rangs un bourdonnement continu. Il remarqua un homme à cheveux gris.

Des C.R.S. casqués, en ciré noir, étaient massés dans

une petite rue qui borde la prison de la Santé. Ils se tenaient en retrait, à une cinquantaine de mètres du boulevard où passait le cortège. En les apercevant, les manifestants se mirent à pousser des cris contre eux. Mais on s'en tint là. Il n'y eut pas de bagarre. Maintenant, sous les feuillages épais des arbres du boulevard, on longeait la vieille prison, son mur très haut. Peu de monde levait la tête pour essayer de voir ce qu'il y avait de l'autre côté. Aujourd'hui, la Santé n'était pas un symbole. Elle n'entrait pas dans la mythologie et les fantasmes de cette foule. Selon les émeutes et les révolutions, les cibles changent : la Bastille, les Tuileries, la Chambre des Députés, l'Hôtel de Ville... Cette fois, c'était la Sorbonne. Cinquante mille personnes pouvaient passer devant la Santé tranquillement, sans un regard.

Il commençait à s'ennuyer ferme. Il avait beau regarder ceux qui marchaient autour de lui, et aussi les curieux plantés au bord des trottoirs, il finissait par trouver tous ces gens pareils, interchangeables. Et où étaient passées les jolies filles ? Soudain il n'y en avait plus. Et pourtant, chacun de ces personnages devait être intéressant, avoir une histoire, au moins une petite particularité. D'habitude, il lui suffisait de regarder les passants, et il imaginait dix romans. Est-ce que les romanciers font de même ? Est-ce qu'ils trouvent leurs héros dans la rue ? Ou bien au fond de soi ? D'ailleurs écrire, pourquoi ? Lui, malgré ses velléités, ne s'y était jamais décidé. Essayer d'arrêter le temps n'est pas une entreprise raisonnable. La réalité se dérobe à chaque seconde, même dans un défilé comme celui-ci, qui a l'air de faire du sur place. Figer la vie et sa chaleur, ses trente-sept degrés, dans le froid des mots : un sujet, un verbe, un complément. Quelle illusion ! On avait à peine dépassé la rue Broca. Dans le cortège, les autres s'ennuyaient-ils autant que lui ? Il y en avait qui marchaient silencieux, perdus dans leurs pensées, peut-être analogues aux siennes. D'autres, deux par deux, ou en petits groupes, semblaient absorbés dans une conversation inépuisable. La manifestation aurait pu durer trois fois plus longtemps, ils n'en auraient pas fini, marchant sans même s'en apercevoir, tout occupés à parler, à parler, à parler.

Les photos de foules comme on en voit dans les journaux et les magazines le faisaient toujours rêver, surtout si elles étaient anciennes. Quand une place est « noire » de monde, les hommes ressemblent à des grains de caviar. Et pourtant chacun de ces grains a une vie personnelle, un destin. Que s'est-il passé quand tout le monde s'est dispersé ? Comment ces milliers d'hommes et de femmes qui s'étaient rassemblés, il y a trente ou cinquante ans, ont-ils vécu ? Comment sont-ils morts ? Il y a quelques cas célèbres, comme celui de Hitler identifié dans une foule à la déclaration de guerre de 1914. Mais n'importe qui, autant et plus que Hitler, est digne d'intérêt. Des grains de caviar. Mais, au kilo, nous valons moins cher.

À force de rêvasser, il marcha sur les talons d'un jeune homme et il le tamponna. Il s'excusa, pendant qu'Odile le tirait par la manche.

Les arbres du boulevard Arago formaient un long tunnel. Le carrefour des Gobelins sembla lumineux, par contraste. Pourtant le ciel n'était plus bleu. Il jaunissait à l'approche du crépuscule et, pendant quelques instants, le tee-shirt jaune d'Odile prit une couleur d'or. Il était impossible de le nier, elle était en beauté et, si elle avait été une inconnue, c'était peut-être elle qu'il aurait élue comme Muse de Mai. Les premiers temps de leur amour, il suffisait qu'il l'aperçoive et la nostalgie le déchirait à l'idée qu'il pourrait perdre ce corps, ce visage.

– Comme les jours sont longs au mois de mai ! dit-il.

Huit heures moins dix. Où vont-ils maintenant ? se demanda-t-il. On tournait à gauche, dans ce petit bout de l'avenue des Gobelins qui aboutit à la fourche formée par la rue Claude-Bernard et la rue Monge. Laquelle des deux allait-on prendre ? On se mit à monter la rue Monge.

Il se souvint de son arrivée à Paris. Il habitait par là, d'abord rue du Banquier, puis dans un hôtel à l'entrée du boulevard Port-Royal, puis rue Oudry. Il allait se laver à Censier-Daubenton, aux bains des Patriarches. S'étonnant toujours quand la caissière annonçait : « Bains, cabine à deux ! » et qu'un couple se levait, prenant au passage un savon et deux serviettes. À l'époque il était seul, mais depuis, la plupart du temps, il avait vécu à deux. Il jeta un regard à Odile qui avançait bien droite, comme si elle était portée par sa foi, ses convictions révolutionnaires. Par esprit de taquinerie, presque par méchanceté, il lui dit :

– Je vais faire ma grimace.

Dans la rue, dans le métro ou dans l'autobus, il s'amusait parfois à ce jeu idiot qui emplissait sa compagne de confusion. D'un seul coup ses paupières tombaient, tous les traits de son visage s'affaissaient et le bas avançait comme s'il était atteint de prognathisme. Cet air lamentable remplaçait sa physionomie habituelle d'un seul coup, en une fraction de seconde. Odile en riait, puis ne savait plus où se mettre et le suppliait de cesser, en disant que tout le monde le regardait. Mais cette fois, elle semblait ne pas l'avoir entendu. Il répéta :

– Je vais faire ma grimace.

Elle répliqua :

– Tu sais bien que tu l'as perdue.

C'est vrai.

Quelle histoire extraordinaire ! Un jour, il avait voulu déclencher sa grimace, et rien n'était venu. Il avait simplement baissé la tête et roulé des yeux. Mais ce n'était pas ça. Il avait eu beau réfléchir, essayé de reconstituer le processus, il ne retrouvait pas l'automatisme, et la réflexion ne servait à rien. C'était une grimace qu'il faisait d'un coup, qu'il ne savait pas analyser, décomposer. Il pouvait bien lancer la tête en avant d'un mouvement brusque, rien ne venait.

Il avait vu une chose semblable, au régiment. Il se trouvait dans la même section qu'un berger corse un peu demeuré, ou pas si demeuré que ça, l'armée l'emmerdait, c'était tout, et il le disait avec une grande simplicité. Un jour, un sous-officier leur avait crié l'ordre, on ne peut plus banal : « Demi-tour, droite ! » Le petit berger avait avancé un pied, l'avait reposé sur le sol et s'était bloqué. Puis, tout étonné, il s'était écrié : « Merde ! Je sais plus le faire ! » À cette époque-là, il y avait près de trois ans qu'ils moisissaient dans l'armée et cela représentait quelques milliers de demi-tours à droite. Pour la grimace, c'était pareil. Si l'on veut bien y réfléchir, on perd toutes sortes de choses aussi brusquement, des amours, des convictions... Mais quand même, perdre une grimace, sans raison !

– Je vais essayer, dit-il. Peut-être que je la retrouverai.

– Ce n'est pas la peine.

– Alors, veux-tu que je remue les oreilles ? Ça, je sais toujours le faire.

– Non.

– Loucher, au moins. Faire les yeux blancs.

– Reste tranquille. Tu n'es plus un gamin. Te rappelles-tu l'âge que tu as ?

Il courba les épaules, regrettant sa grimace perdue, comme un bien précieux, une partie de lui-même qu'on lui aurait confisquée.

Peu à peu baissait la lumière du crépuscule, mais ce n'était pas encore la nuit. Le tee-shirt d'Odile n'était plus doré, mais prenait un ton pastel. La place Monge et sa caserne étaient dépassées. La montée terminée, la rue commençait à descendre vers Maubert.

Quand le cortège arriva devant la Mutualité, il faisait presque nuit. Il était neuf heures. Le bâtiment est en contrebas par rapport à la rue Monge, mais on voyait très bien un panneau sur la façade, annonçant le gala anarchiste. Il le fit remarquer à sa compagne.

– C'est drôle que la manif nous ait amenés devant la Mutualité, juste à l'heure.

– Tu ne vas pas entrer là-dedans !

– J'ai des places. Et je l'ai promis au libraire. Tu viens ?

Odile se mit dans une vraie fureur, invectivant ceux qui parlent de révolution en chambre au moment même où elle est enfin dans la rue. Que disait-elle, parler de la révolution ! Même pas ! Écouter des chanteurs ! Voir danser le flamenco !

– D'abord, j'en ai marre de marcher. Ça suffit pour aujourd'hui. C'est une raison de plus pour aller au gala.

– Si tu rejoins ces vieux cons, tout est fini. Je ne te reverrai plus jamais !

– Ne dis pas de bêtises.

Il essaya de lui prendre le bras, mais elle se dégagea.

– Laisse-moi ! Moi, je vais avec les jeunes !

Il renonça. Il était sorti de la colonne et n'avait plus que les marches à descendre pour entrer dans la Mutualité. Il regarda un instant les manifestants. Odile s'éloignait sans tourner la tête. Le pied sur la première marche, il jeta un dernier regard en arrière vers ce cortège, qui était sans doute l'avenir, mais encore plus sûrement son passé. Il aperçut la blonde de la place Denfert. Dans la nuit commençante, elle était toujours aussi merveilleuse. L'ombre avait encore adouci son visage. Seules luisaient légèrement ses lèvres, dessinant à peine leur moue enfantine. Son pull blanc faisait une tache claire. Elle passa légère et sereine. Un tout petit peu plus loin, un vide se produisit dans les rangs et, pour le combler, et rattraper ceux qui étaient devant, les manifestants se mirent à courir. Un garçon prit la Muse de Mai par le coude et ils coururent ensemble au pas de gymnastique, en criant « Hop ! Hop ! Hop ! », comme c'était la mode chez les maoïstes. Et c'est ainsi qu'elle disparut.

Tout à coup, la vision de la jeunesse, alliée à une

beauté exceptionnelle, vous plonge devant l'évidence de la vie. La vie à son sommet, la vie qui continue alors que vous, vous êtes déjà hors jeu. Plus jamais une fille aussi belle, aussi jeune, ne daignera abaisser son regard sur vous.

Il alla prendre place dans la salle. Comme toujours, le public était surtout composé d'Espagnols. Il n'avait pas dîné, mais il n'avait pas faim. Il acheta quand même un paquet de caramels et se mit à les mâcher, pendant que se déroulait le spectacle.

À la fin, vers minuit, le libraire sauta sur la scène :

– Camarades, on se bat au Quartier Latin ! La rue Gay-Lussac est à feu et à sang ! Allons planter le drapeau noir sur les barricades !

On applaudit. Il rentra se coucher.

Le pèlerinage

Ceci est une œuvre d'imagination, sauf sur un point précis, qui est historique.

Madame Latapie étouffait. Son mal était à la fois physique et moral. L'asthme dont elle souffrait depuis longtemps revenait en crises de plus en plus fortes, au point qu'il mettait sa vie en danger. Elle étouffait aussi parmi les siens, qu'elle ne pouvait plus supporter. Son mari, le seul qui n'avait jamais semblé lui voler l'air qu'elle respirait, était depuis longtemps au cimetière. Il avait toujours été un homme discret, dont la seule ambition avouée était de voir l'année 1900, et de mettre ainsi un pied dans le vingtième siècle. Cela ne lui avait pas été donné. Il était mort en 1881, à soixante ans à peine, d'une attaque qui l'avait fait piquer du nez alors que, juge de paix, il présidait une audience où se disputaient des paysans, pour une histoire de poulailler. Madame Latapie lui survivait depuis dix-sept ans. Il ne manquait plus que deux années pour qu'elle vît 1900, mais cela lui était bien égal. L'avenir lui déplaisait. Aucun siècle ne vaudrait celui qu'elle avait vécu.

Elle avait trois enfants. Elle s'était mariée à vingt ans, en 1848. On disait que là-bas, à Paris, une révolution avait rétabli la République et tout le monde, ici, dans nos montagnes, avait eu peur. Eulalie, son aînée, avait vu le jour dès 1849. Cette pimbêche était mariée à un horrible bonhomme, maigre et jaune, toujours fourré à l'église. Lui et son frère jumeau, tout aussi desséché, étaient d'ailleurs propriétaires d'une rue entière, à côté de la cathédrale, et il était notoire qu'ils se conduisaient en vautours avec leurs malheureux locataires. Eulalie n'avait pas d'enfants et cela n'étonnait pas quand on voyait son chétif mari, ou plutôt les deux exemplaires du personnage, car les jumeaux ne se quittaient guère, et on finissait par se demander si Eulalie n'avait pas épousé deux moitiés d'hommes, au lieu d'un mâle bien entier. Eulalie ne cessait de faire des remontrances à sa mère, sur la tenue de sa maison, son alimentation, la façon dont elle se soignait, sa toilette aussi. Elle l'accusait de gaspillage. Madame Latapie soupçonnait que la source de tous ces reproches était que sa fille ne lui pardonnait pas d'avoir le caractère gai.

Ernest, né en 1851, était un bon garçon. Mais il avait épousé une femme avec laquelle il ne s'entendait pas. Sa vie n'était faite que de scènes de ménage, de séparations, de réconciliations. Périodiquement, il débarquait chez sa mère, comme un chien battu, disant que cette fois, c'était bien fini. Il lui arrivait même d'emmener avec lui un enfant ou deux (il en avait quatre). Puis le beau temps succédait à l'orage, il retombait amoureux de sa femme et reprenait la vie commune, jusqu'à la prochaine fois. Ce drame permanent épuisait sa mère.

La troisième, venue tard, en 1863, Caroline, était une grosse souillon qui n'arrêtait pas de pondre des marmots, ce qui ne cessait d'étonner Madame Latapie. Pour certaines raisons, elle avait rêvé que cette enfant serait sa plus grande réussite, sa merveille. Et voilà ce qu'elle était devenue. Même maintenant, Caroline traînait un bébé de dix mois à peine. Son odeur de lait suri et de pipi suffisait à donner des crises d'asthme à sa grand-mère. À trente-cinq ans, il est grand temps que tu t'arrêtes, disait Madame Latapie à Caroline.

Après une crise d'asthme d'une violence inconnue, où elle avait cru mourir, Madame Latapie, épuisée, dut rester au lit pendant quelques jours. Un dimanche, toute sa famille se trouva réunie à son chevet ; Eulalie et son mari rabougri, Ernest, et Caroline, traînant son dernier-né. La malade crut un instant que le même élan d'affection avait poussé tous ses enfants à venir la voir, mais elle comprit vite qu'il s'agissait d'un complot.

– Mère, vous avez été très malade, et cette fois, vous nous avez fait peur, commença par dire l'affreux gendre.

– On ne peut pas te laisser comme ça, dit Ernest.

– Nous avons tout à fait confiance dans ton médecin, le docteur Peyraballe. Mais la médecine a ses limites, dit Caroline.

Ce n'était pas possible, ils avaient répété leurs répliques. Elles s'enchaînaient trop bien.

– Si la médecine ne peut rien, je devrai me résigner, dit Madame Latapie.

– Ma chère mère, il reste la prière, dit le gendre, d'un ton de réprimande.

– Vous n'allez pas me faire administrer l'extrême-onction !

– Il ne s'agit pas de ça ! dit Eulalie, impatientée.

Le gendre se racla la gorge. Madame Latapie allait savoir ce qu'ils avaient mijoté.

– Il reste un recours. Nous sommes si près du saint lieu où la Vierge est apparue. Et depuis, dans son infinie bonté, elle a guéri tant de malades !... Il faut que vous alliez en pèlerinage à la Grotte.

Aussitôt, ils parurent tous excités. Ils répétaient : C'est ça !... La Grotte !... Le pèlerinage !...

– Dès que tu pourras supporter le voyage, nous t'y conduirons, dit Ernest.

– On peut d'ailleurs remercier le ciel qui nous fait vivre à côté du lieu élu par la Vierge. Quarante kilomètres à peine. Avec le train, c'est l'affaire de deux heures.

– Autrefois, avec la diligence, le chemin était si long ! dit Madame Latapie.

Elle avait parlé si bas qu'on lui demanda ce qu'elle avait dit.

– Rien.

Elle laissa le silence retomber, jusqu'à ce que le gendre, n'en pouvant plus, se permette de l'interpeller :

– Alors ?

– Je n'ai pas envie d'aller là-bas.

Elle ferma les yeux. Elle avait failli dire : je n'ai pas envie de revenir là-bas.

Un concert de protestations retentit.

– Je suis fatiguée, laissez-moi, partez, dit-elle.

– Je ne te comprendrai jamais, dit Eulalie.

– Non, tu ne me comprendras jamais.

La famille effectua une retraite stratégique. Mais ils ne tardèrent pas à revenir à la charge. Un jour qu'Eulalie était là, avec son mari, et qu'ils recommençaient à parler du pèlerinage, Madame Latapie, exaspérée, ne put s'empêcher de lancer à son gendre :

– Je sais que vous avez acheté des terrains là-bas, de la pure spéculation, en misant sur le succès du sanctuaire. Vous croyez que c'est une façon d'attirer sur moi les bonnes grâces de la Sainte Vierge ?

– C'est un devoir de veiller sur son patrimoine, et je ne vois rien là qui soit contraire aux commandements de notre sainte mère l'Église, répliqua le gendre, avec son air de cafard.

Madame Latapie comprit qu'ils lui feraient la guerre jusqu'à ce qu'elle cède. Il fallait aller à la Grotte. À ce seul prix, elle retrouverait un peu de tranquillité.

– Je vois qu'il t'en coûte, lui disait Ernest, le plus gentil. Je me demande pourquoi.

– Je ne peux pas te le dire, lui répondit-elle une fois.

Mais ces paroles étaient déjà de trop.

Elle se battit tout de même pour apporter une restriction à son pèlerinage, et finit par l'obtenir :

– Pas question d'aller me tremper dans la piscine des malades. D'abord, c'est dégoûtant.

Recroquevillée dans son grand fauteuil à la Voltaire, qu'elle ne quittait presque plus, Madame Latapie songeait qu'elle allait revoir la petite ville, son fort perché sur un rocher, et la campagne autour, le torrent, les prés, la grotte. Quarante ans étaient passés ! Comment, déjà ? Un jour, elle fouilla dans ses armoires et finit par retrouver ce qu'elle cherchait, un dessous de robe blanc. Elle se déshabilla et s'en revêtit. Le sous-vêtement lui allait encore, car elle était restée mince. Seule la couleur s'était fanée, avait jauni. Elle se regarda dans la glace, longue silhouette, les cheveux défaits, les pieds nus... Dans sa chambre aux volets tirés, dans la pénombre comme autrefois, elle vit le fantôme de sa jeunesse. Les larmes lui montèrent aux yeux. Elle prit son châle bleu (elle pensait encore *schall*, ainsi qu'on l'écrivait au début du siècle), en recouvrit sa tête et ses épaules (mes cheveux blonds, aujourd'hui tout mêlés de fils blancs !), cacha son maigre décolleté (mes pauvres seins, comme j'avais de jolis seins !), et c'était ainsi, sans avoir eu le temps de se rhabiller, juste celui de se mettre le schall sur la tête, qu'elle avait dû apparaître à la petite.

Elle allait avoir bientôt trente ans et elle croyait sa vie de femme sur le point de finir quand elle avait connu le capitaine de Sarrance. Une banale rencontre dans les salons de la ville où se côtoyaient la noblesse et les notables du cru, une colonie anglaise éprise de chasse au renard, d'extravagants millionnaires latins, venus du Portugal et d'Amérique du Sud manger les revenus de domaines grands comme un département français, et, pour leur côté décoratif, quelques officiers des garnisons voisines. Les Latapie étaient des bourgeois très ordinaires, mais le titre de juge de paix de M. Latapie en faisait une personnalité. Quand ils étaient invités dans la société, Madame Latapie mettait une crinoline. Dire que j'ai porté la crinoline, il y a quarante ans ! Le capitaine de Sarrance avait lui aussi la trentaine. Il était grand et mince, arborait l'impériale. Son uniforme était étrange, on ne comprenait pas à quelle arme il appartenait. Il fallut qu'il expliquât qu'il était un officier du génie. Dès qu'ils s'étaient vus, ils avaient été vivement attirés l'un vers l'autre. Pas le coup de foudre, dont on parle dans les livres. Le coup de foudre, si Madame Latapie avait bien compris, c'est la brutale naissance de l'amour. Dans leur cas, il s'agissait plutôt, il fallait bien qu'elle se l'avouât, d'un attrait physique, d'un trouble des sens. Elle ne pouvait voir s'éloigner le capitaine sans éprouver une véritable douleur physique. L'amour n'était venu qu'après, peu à peu, alors qu'ils étaient déjà amants.

Cela n'avait pas été facile. Où pouvaient-ils se retrouver, se cacher ? Dans ces petites villes de province, chacun vit sous le regard de tous. La moindre dérogation à une habitude, un trajet familier, un horaire connu, est remarquée. La toilette parle et dit si l'on va au marché, en courses, en visite, en promenade. Madame Latapie et le capitaine avaient tout de suite été francs et honnêtes l'un envers l'autre. Ils avaient abandonné toute coquetterie, tout amour-propre, en s'avouant avec simplicité qu'ils se plaisaient, qu'ils se désiraient, et en cherchant le moyen de résoudre le problème presque insoluble de leurs rencontres. Mais la femme du juge de paix comprit qu'elle était tombée sur un charmant idiot, dépourvu d'esprit pratique. Ou bien l'amour le rendait bête. Dans la cité de Madame Latapie, il ne connaissait personne qui pût lui prêter asile. Son régiment était cantonné dans un fort, dans une petite ville située à dix lieues. Il avait loué une chambre, mais avait peur de ses logeurs. La seule chose qui pouvait aider le couple, c'était que Madame Latapie, une fois par mois, prenait la diligence pour aller voir sa vieille nourrice qui habitait une ferme, aux portes mêmes de la ville en question, si l'on pouvait appeler cet endroit une ville :

quelques rues sinueuses autour du fort, une place triangulaire avec deux hôtels, des commerces et des cafés, une autre place, plus grande, pour le marché aux bestiaux. On croisait plus de mulets et d'attelages de bœufs que de voitures à cheval. Il y avait même un meunier en plein milieu du pays, au bord d'un ruisseau qui se jetait dans le torrent. Et il n'était pas rare de voir les rues envahies par un troupeau de brebis, transhumant vers la montagne. Lorsque la femme du juge de paix rendait visite à sa nourrice, elle partait le matin, restait coucher et revenait le lendemain. La bonne vieille perdait la mémoire, n'avait plus le sens du temps. Il était facile de la tromper, d'abréger les visites. Elle soupirait, en patois : « Tu pars déjà ? » Madame Latapie, qui savait mentir aussi bien en patois qu'en français, protestait : « Mais je suis ici depuis hier. Regarde ! La voiture est là qui vient me chercher ! » Une voiture de louage qui était censée la ramener au relais de diligence. « Mon Dieu, je n'ai plus de tête ! » gémissait la nourrice. En réalité, la rusée était arrivée le matin et s'apprêtait à passer une nuit merveilleuse avec son amant. Mais elle ne pouvait éviter que la vieille ne la chargeât d'œufs, de fruits, de légumes, qui ne manquaient pas de l'embarrasser dans la suite de son voyage. Elle retrouvait l'officier dans une auberge des environs, située au bord d'un petit lac, fréquentée presque uniquement par des pêcheurs à la ligne et, à la saison, par des chasseurs qui venaient tirer les sarcelles dans les roseaux. Elle descendait de voiture emmitouflée dans son schall, ne laissant voir que les yeux, comme une Turque, mais avec cet insolite panier de fruits et de légumes.

L'auberge du lac ne convint pas longtemps aux amants. Une fois, en y arrivant, Madame Latapie reconnut un compatriote, un avoué, et elle eut si peur qu'elle ne voulut pas y retourner. Le capitaine loua deux pièces, plus indépendantes que son logement précédent. Il donna une clé à sa maîtresse.

Le goût très vif qu'ils avaient l'un pour l'autre, leurs sentiments qui ne faisaient que s'affermir leur rendirent bientôt insupportable de ne se voir qu'une fois par mois. La jeune femme raconta que la nourrice était tombée malade, qu'elle s'affaiblissait, qu'à son âge, on pouvait craindre le pire. Elle vint plus souvent et parfois resta plusieurs jours.

L'habitude et l'impunité lui donnèrent de l'audace. Elle n'avait plus peur, comme au début. Elle voulait sortir avec son amant. Pas se montrer, bien sûr, mais se promener. Ils choisissaient des sentiers qui couraient dans les prés, au bord du torrent. Ou bien ils escaladaient les premiers contreforts d'une petite montagne, à la sortie de la ville. Vite essoufflée – était-ce déjà l'asthme ? – Madame Latapie se laissait tomber dans l'herbe, un brin de folle-avoine entre les dents. Le capitaine s'étendait près d'elle, l'embrassait. « Non, disait-elle, je vais avoir trop envie de toi. » Ils arrivèrent une fois près d'une grotte. On était à la mi-février, une époque où certains jours, dans nos régions, sentent déjà le printemps. Une tiédeur dans l'air vous dit qu'il n'y a plus rien à craindre de l'hiver, et que va commencer, très vite, et pour longtemps, la belle saison. Les promeneurs allèrent jusqu'au fond, où il y avait de la mousse et des fougères. L'officier s'assit, la jeune femme enleva son chapeau, rejeta le schall qui lui couvrait les épaules et s'étendit, la tête dans le giron de son amant. Elle resta ainsi, sans bouger, savourant à la fois la fraîcheur du lieu et la chaleur du corps qui lui servait d'appui. Sarrance commença à lui caresser les cheveux, le visage, le cou. Elle eut un rire de gorge.

– Tu es un homme des cavernes, et je suis ta proie.

Il jouait avec les boutons de sa robe et commençait à les défaire. Elle se laissa déshabiller. Lui aussi bientôt quitta hâtivement son uniforme. Échevelée, à demi nue, elle l'aida à ôter ses bottes. Elle tirait si fort qu'elle tomba à la renverse. Il se jeta sur elle en riant. Le grondement du torrent sur les pierres, les chants d'oiseaux, les sonnailles de quelque troupeau tintant au loin composaient une symphonie panthéiste à laquelle elle ne put s'empêcher d'ajouter ses cris.

Cela restait, dans son souvenir, le plus extrême moment de bonheur qu'elle eût jamais connu.

Une fois dégrisée, pourtant, elle dit :

– Nous nous conduisons comme des collégiens.

Elle commençait à se rhabiller quand ils entendirent des clochettes, les aboiements d'un chien, des bêlements si proches qu'ils eurent l'impression qu'un troupeau allait pénétrer dans la grotte. Le capitaine rampa vers le fond en traînant les pièces de son uniforme. Madame Latapie se leva, fit retomber jusqu'à ses pieds son dessous de robe qui était impudiquement remonté plus haut que ses hanches. Elle ramassa prestement son schall et s'en couvrit la tête, cachant sa chevelure défaite. Elle fit quelques pas, pieds nus, jusqu'au bord de la grotte. Une petite gardeuse de moutons la regardait avec de grands yeux. Pour ne pas l'effaroucher, Madame Latapie lui sourit. L'enfant tomba à genoux.

Madame Latapie pensait toujours avec tristesse à cette pauvre petite. Et presque avec remords. Comme sa courte vie avait été malheureuse ! On s'était dépêché de l'enfermer dans un couvent, où elle avait été durement traitée. Elle était morte à trente-cinq ans, de tuberculose. Tous les autres avaient profité de ses visions : les gens du pays, l'Église, les chemins de fer, jusqu'à l'horrible gendre, le spéculateur immobilier. J'ai bien ri, à l'époque, pensait Madame Latapie. Je me moquais de cette simple d'esprit. Je n'aurais pas dû. Je n'aurais pas dû lui répondre en patois, lui laisser croire que j'étais Celle qu'elle croyait voir, l'*immaculado counceptioun.* Mais j'étais prise au piège...

Les amours avec le capitaine avaient encore duré cinq ans, facilitées par l'ouverture d'une ligne de chemin de fer. Napoléon III et Eugénie l'avaient solennellement inaugurée, un an après l'incident de la Grotte. Madame Latapie avait eu peur qu'on lui prît son amant, au moment de Magenta et de Solferino. Elle avait tremblé de nouveau, quand on avait envoyé un corps expéditionnaire au Mexique. Mais les événements historiques ne devaient être pour rien dans leur séparation. On nomma tout simplement Sarrance dans une garnison de Lorraine. Madame Latapie pleura beaucoup. Comme sa nourrice venait de mourir, elle put donner une explication à son chagrin. On la pria de se dominer, de prendre sur elle, car elle attendait un enfant. Elle avait de bonnes raisons de penser qu'il était du capitaine et elle s'en fit une consolation, et même une joie. Caroline naquit, qui devait tant la décevoir.

Elle ne reverrait jamais Sarrance. Les lettres, reçues grâce à des intermédiaires, car même la poste restante était trop dangereuse, s'espaçaient, tiédissaient. Il restait à Madame Latapie l'idée un peu abstraite que, quelque part, là-bas, dans l'Est de la France, existait un homme qui pensait à elle, qui l'estimait, qui la comprenait et qui lui garderait toujours une place à part dans son cœur.

Le capitaine, maintenant lieutenant-colonel de Sarrance, avait beau appartenir au génie, arme tranquille, il fut tué en 1871. Madame Latapie l'apprit par la rumeur de la ville. Cette fois, elle pleura à peine. Le passé mourait pour la deuxième fois.

Madame Latapie partit en pèlerinage avec toute sa famille. Le gendre avait pris la direction de l'expédition. Encore heureux que son jumeau ne soit pas venu avec lui. Caroline avait emmené son aînée, Gabrielle, âgée de treize ans, déjà épaisse, avec une poitrine qui promettait d'être forte. On hissa la malade dans le compartiment. Elle avait beau protester qu'elle avait trop chaud, en ce superbe jour de juillet, on releva les glaces pour qu'elle ne prît pas mal. Le chef de gare siffla et brandit son drapeau rouge. La locomotive commença à souffler sur un rythme court, comme si elle était elle-même asthmatique, et Madame Latapie se prit de sympathie pour elle. Mais bientôt le bruit changea et le train se mit à courir dans la vallée, longeant parfois la vieille route. Ah ! si elle avait pu filer aussi vite, jadis !

Quand on approcha de la ville sainte, Gabrielle, qui guettait par la fenêtre, s'écria :

– Venez vite ! On voit la Grotte ! De l'autre côté de la rivière !

Ils se bousculèrent tous et, le train abordant une courbe, tombèrent les uns sur les autres. C'était trop tard pour la Grotte. Quant à Madame Latapie, elle n'avait pas bougé.

Deux ou trois minutes après cette péripétie, le train entra dans une gare qu'elle ne reconnut pas. Il y avait maintenant une immense verrière, de longs quais, plusieurs voies. Sûrement pour les convois de pèlerins, les trains blancs, comme on disait. Dehors la famille s'entassa dans deux fiacres. La cour de la gare était encombrée par les omnibus des hôtels, portant sur leurs flancs des noms comme Sainte-Marie, Notre-Dame, Hôtel du Rosaire et même de la Grotte. Madame Latapie chercha en vain à reconnaître la rue qui descendait de la gare. Ce n'était qu'hôtels, restaurants, cafés, boutiques. Le fiacre traversa, ou elle crut qu'il traversait, la grand-place d'autrefois, celle qui était en forme de triangle, mais elle n'était plus sûre de rien. Elle eut à peine le temps d'apercevoir le rocher et le fort. Elle savait que l'armée l'avait abandonné.

– Tu pourrais prendre un peu de repos, et après, nous irons nous recueillir une première fois à la Grotte, dit Eulalie quand Madame Latapie fut installée dans sa chambre.

– Non, pas aujourd'hui. Le voyage m'a tourneboulée. Je vais me coucher.

Jadis, non loin d'ici, il arrivait qu'une femme se couchât en plein jour dans un lit d'auberge. Mais c'était avec son amant. Fallait-il chasser ces pensées ? Puisqu'on l'avait forcée à revenir ici, elle se promettait que cela lui servirait au moins à raviver ses souvenirs. Elle s'avouait avec chagrin qu'ils s'étaient fanés au moins autant que son dessous de robe blanc. Elle ne voulut pas descendre dîner.

Le lendemain matin, on vint la chercher pour la messe, et elle inquiéta sa famille en disant qu'elle était trop fatiguée et qu'elle préférait rester à l'hôtel, en prévision des épreuves qui l'attendaient l'après-midi, la visite à la Grotte et la longue cérémonie de l'exposition des malades au Saint Sacrement.

– Nous communierons tous à votre intention, dit le mari d'Eulalie.

Quand ils furent partis, elle sortit à son tour. Elle avait eu brusquement envie de revoir la maison de sa nourrice. Mais elle eut beau chercher, et manquer se perdre, elle ne put la retrouver. Elle avait été mangée par la ville. Partout, maintenant, il y avait des boutiques. On vendait des statuettes de la Vierge, des cierges, des bouteilles pour recueillir l'eau miraculeuse, des cartes postales. Pour éviter que la cire coulât sur les doigts, les cierges étaient garnis d'un entourage en carton sur lequel étaient imprimés des cantiques, à l'encre bleue. Tous ces objets, la ville entière, étaient blanc et bleu, blanc et bleu, blanc et bleu... Dans certaines rues, il y avait tellement de monde que l'on pouvait à peine avancer.

Voilà donc ce que c'était devenu. Quand on avait commencé à parler de la petite, elle n'y avait pas prêté attention. Elle pensait que cela n'irait pas loin. Les illuminés étaient si nombreux, dans ces montagnes. Il y avait déjà celle qui était tombée dans la rivière, qui pensait que la Vierge lui avait tendu un beau rameau pour la sauver, et qui avait fondé un sanctuaire. Elle fut encore plus dépaysée l'après-midi quand, par des rues en pente, on l'emmena où devaient se trouver, quarante ans plus tôt, les prés de l'autre côté du torrent. On avait construit un large pont qui ouvrait sur une immense esplanade. Au fond se dressait une basilique disposée sur plusieurs niveaux, avec, de part et d'autre, de larges rampes permettant de passer de l'un à l'autre, formant un hémicycle, à l'image de celui de Saint-Pierre de Rome.

Des milliers de pèlerins, des dizaines de milliers peut-être, s'y pressaient. La vieille femme en était effrayée. Mais, avec autorité, le gendre fendait la foule : « Laissez passer ! criait-il. Madame est une malade ! » Il réquisitionna une chaise et réussit à l'installer au premier rang du vaste carré que formaient les malades. Quelques-uns étaient assis sur des chaises ou des bancs, comme Madame Latapie. La plupart se trouvaient dans des fauteuils roulants à trois roues qui arrivaient de tous côtés, poussés par des infirmiers bénévoles, en zigzaguant dans la cohue des fidèles. D'autres gisaient sur des brancards posés sur des chariots. Bientôt les fauteuils et les brancards s'alignèrent sur plusieurs rangs. Madame Latapie fut alors confrontée à un spectacle insoutenable. Une parade funèbre qui était en même temps une immense protestation contre la douleur et la mort. Il y avait là, étendus, tournés vers le ciel, tant de malheureux au comble de la souffrance, et des mourants aussi, ayant déjà perdu conscience. Et ceux qui étaient nés infirmes, ou idiots. Des faces rongées de lèpre, des bouches ouvertes, laissant échapper de l'écume, des visages décharnés où la tête de mort crevait déjà la peau. Un enfant aux traits émaciés, les yeux immenses. Elle se mit à pleurer. Son fils s'en aperçut et posa la main sur son épaule. Elle l'obligea à retirer sa main. Rien ne pouvait vous consoler de voir les humains en proie à de telles souffrances, sans autre recours que de venir supplier ici, qui donc ? Elle n'osait le formuler, même dans le plus secret de sa pensée.

En attendant le moment de l'exposition des malades au Saint Sacrement, les prêtres faisaient chanter des cantiques. Trois curés espagnols, parvenant à l'extase, se jetèrent à genoux, les bras en croix, au milieu du carré formé par les fidèles. Ils restèrent immobiles, comme frappés de catalepsie, pendant tout le temps où l'on acheva d'amener des brancards, et ensuite, quand on apporta le Saint Sacrement, que se déroulèrent de longues prières, puis que l'officiant commença à passer lentement devant les malades, s'arrêtant pour chacun, élevant l'ostensoir, même pour ceux qui ne pouvaient plus le voir, même pour ceux qui étaient déjà morts. Cette interminable cérémonie parut brève à Madame Latapie, comme si elle-même était entrée en extase. Elle n'avait jamais imaginé qu'il pût y avoir au monde ce mélange de douleur, d'espérance, de bas commerce aussi, si l'on pensait à ce qu'elle avait vu en ville. Une fleur monstrueuse, toutes les contradictions de l'esprit humain, des idées les plus mercantiles aux élans les plus nobles, aux espoirs les plus vains, avaient fleuri en ce lieu. Il n'avait fallu qu'un prétexte.

Le carré s'était défait. On emmenait les chariots et la foule s'écoulait vers la droite, sous une des arches formée par la rampe qui menait à l'église supérieure. On entraîna Madame Latapie dans cette direction, celle de la Grotte. Pressée de tous côtés, elle commençait à étouffer. Elle essaya de se ressaisir.

Et voici qu'elle était dans la queue des fidèles qui piétinaient devant la Grotte en chantant des cantiques. Elle avait en face d'elle les parois noircies par la fumée des cierges, les béquilles clouées en ex-voto. Oui, ils l'avaient tapissée de béquilles. Et puis la grande statue bleue et blanche. Elle avançait lentement, parmi la foule. On lui donna un cierge pour qu'elle le dépose quand elle arriverait là-bas au fond. Elle pensa que si elle disait la vérité maintenant, elle aurait beau hurler, personne ne la croirait. Ces béquilles pendues lui faisaient horreur. Elle regarda la statue, image reproduite à des milliers et des milliers d'exemplaires. Elle se dit que là où les siens l'avaient menée, il ne lui restait plus qu'à se recueillir devant elle-même. Le cierge qu'elle tenait à la main, elle allait dans un instant l'allumer à la mémoire du capitaine de Sarrance. Mais les choses ne se passaient pas ainsi. Arrivée au fond de la Grotte, elle vit qu'on n'avait pas le droit d'allumer son cierge soi-même, et de le planter à côté de ceux qui brûlaient déjà en faisceaux, nuit et jour. Il fallait se contenter de le jeter dans un chariot, pour plus tard.

Pour la deuxième fois de sa vie, Madame Latapie sortit de la Grotte. La foule était toujours aussi épaisse, encore plus peut-être, attendant son tour et chantant des cantiques que le rocher renvoyait comme un énorme bourdonnement. Chacun était venu implorer la grâce de vivre. Mais elle, elle savait qu'elle allait bientôt mourir.

Le diable et son ange

Ce matin-là, le diable et son ange étaient à Volterra, en Toscane. Dès qu'ils sortirent du palazzo dei Priori, vers dix heures du matin, une petite foule se forma et se mit à les suivre. Des gamins surtout, mais aussi des paysans venus pour le dimanche, quelques touristes, et l'idiot du village, grand jeune homme bien habillé qui passait ses journées sur la place à gesticuler et à parler tout seul. Pour laisser à la foule le temps de grossir, ils firent lentement le tour de la place, entrant sous les arcades du palazzo Pretorio, marquant une pause devant la terrasse du restaurant Etruria, pour revenir finalement à leur point de départ, le palazzo dei Priori. Le diable en escalada les marches et alla se percher sur la banquette de pierre qui courait tout le long de la façade. L'ange resta en bas des marches. Le diable emboucha une trompe qu'il portait autour du cou et sonna plusieurs fois, une sorte de cri rauque. A ce moment, le car qui desservait les villages de la plaine déboucha sur la place en faisant résonner son avertisseur, qui semblait répondre à la trompe du diable. Les badauds durent s'écarter. Le car alla s'arrêter au fond de la place. La foule se reforma aux pieds du diable qui recommença à souffler dans sa trompe, pour montrer que le spectacle reprenait à l'endroit où il avait été interrompu. L'ange, au milieu de la foule – mais il n'avait pas besoin de perchoir, il dominait presque tout le monde de la tête –, sortit un petit violon d'une poche, on aurait dit de sous son aile, et se mit à jouer un refrain mélancolique et distingué, mozartien sans aucun doute, tellement connu que personne n'était capable de s'en rappeler le titre. Quand il eut fini, le diable commença un discours.

Le diable ne ressemblait pas à ce monstre horrible, plein de poils, que Dante trouve dans la Giudecca, prisonnier des glaces de l'Enfer. D'abord, il n'était pas très grand, bien plus petit que l'ange. Il portait une combinaison rouge vif, un peu lâche, qui faisait penser à un vêtement de skieur ou de motocycliste, si ce n'est qu'une jambe, la droite, était ficelée d'un entrelacs de cordelettes noires et qu'entre les jambes, cette combinaison possédait une excroissance, une sorte de trompe, caricature de sexe. Selon la tradition, le diable était muni d'ailes rouges, mais c'étaient seulement des squelettes d'ailes, des ailes évidées. Dans les interstices entre les membrures étaient accrochés des yeux, si bien que ces ailes pouvaient faire penser à la queue des paons. A propos de queue, le diable en avait une, bien sûr, et un derrière noir. Le haut de son visage était caché par un masque noir, supportait deux grandes cornes noires qui se terminaient chacune par une petite tête de diable. Entre les cornes, on voyait qu'il avait les cheveux blancs.

Le diable tenait dans sa main droite une grande fourche noire, plus haute que lui, de sorte qu'il ne disposait que de la main gauche pour lier son discours d'une arabesque de gestes. Debout sur l'étroite banquette – la largeur d'une pierre – il était adossé au mur du palais comme un acteur qui vient faire une annonce devant le rideau de scène. S'il donnait soudain au rideau – à la muraille – l'ordre de s'ouvrir, quel monde terrible n'allait-il pas se dévoiler ?

En fait, dans son discours qui était presque un sermon, le diable répétait des banalités sur le Bien et le Mal qui sont en chacun de nous. Mais la diction était belle, avec des mots mis en valeur (sans parler du terrible accent toscan qui transforme les « c » en une sorte de cri aspiré, guttural). Aussi, malgré le creux de ses paroles, l'orateur venu de l'Enfer faisait-il une forte impression. Il fallait voir sa face où le nez crochu (en carton) et la bouche au dessin amer (en chair) ne se contrariaient nullement, mais contribuaient ensemble à créer une énigme. On ne pouvait que s'interroger sur le passé de ce diable aux cheveux blancs, sur l'origine de ces plis d'amertume.

L'ange aussi avait des yeux sur ses ailes blanches. Lui ne portait pas de masque. Il avait une tête frisée de voyou de la Renaissance. Quand le diable eut fini son discours, l'ange, toujours dans la foule, sortit d'une poche un autre instrument, une flûte traversière cette fois, et se mit à jouer un extrait d'*Orphée*, de Gluck.

Le musicien rempocha sa flûte, le diable sauta près de lui et ils partirent tous les deux, suivis par les badauds. Ils allaient vers une autre place, pour recommencer leur spectacle. En les voyant s'éloigner, le blanc et le rouge, on pouvait se demander s'ils étaient bien les êtres surnaturels de la mythologie chrétienne. Puisqu'on se trouvait dans l'une des plus grandes cités étrusques, ne s'agissait-il pas plutôt de ces démons qui, dans les tombes, se tiennent près des morts ? Le diable n'était-il pas tout bonnement Charun, ou Tuchulca ? Et l'ange ressemblait tout à fait – si ce n'était une question de sexe – à Vanth ou n'importe quel autre démon femelle aux grandes ailes telles qu'on peut encore les contempler à Vulci, dans la tombe François, à Pérouse, dans la sépulture des Volumnii et sur bien d'autres fresques, urnes ou stèles.

Et tandis qu'ils descendaient la via Matteotti, pour se diriger vers la piazza San Michele, on ne pouvait pas ne pas remarquer ce qui avait peut-être échappé jusque-là aux badauds. Le diable et l'ange étaient reliés, attachés ensemble par une corde blanche de trois mètres environ qui partait de leur taille, et traînait par terre ou se tendait selon qu'ils se rapprochaient ou s'éloignaient l'un de l'autre. Si l'on pouvait aisément trouver un sens à toutes les pièces de leurs costumes et à leurs accessoires : les ailes, les cornes, la fourche, la flûte, la queue, le sexe du diable, les yeux multiples sur les ailes, que voulait dire la corde blanche ? Quel était ce lien entre le Paradis et l'Enfer ? Le Bien et le Mal, paire inséparable ? Cela signifiait quelque chose, c'était sûr. Mais quoi ? Quel symbole trop subtil ou trop ésotérique pour le vulgaire spectateur ?

Au terme de leur tournée, alors qu'il était près de midi, le diable et l'ange, unis par leur corde blanche, remontèrent jusqu'au parc archéologique. Le diable devait faire là son dernier discours. Le parc était dominé par la vieille citadelle florentine qui maintenant servait de prison.

– Merde, t'as vu, dit l'ange, les sentinelles ?

Sur le chemin de ronde, des gardiens armés de pistolets mitrailleurs passaient et repassaient. La prison de Volterra était une des plus sûres d'Italie.

– C'est là qu'on boucle les Brigades Rouges et les Prima Linea.

Un gardien dont on ne voyait, dépassant du parapet, que la tête, le haut du torse et le canon de l'arme, s'arrêta et regarda l'attroupement dans le parc. Curiosité ou méfiance ? Comprenait-il ce qu'étaient ce personnage en rouge et cet autre en blanc, au centre de la foule ?

L'ange joua du violon, le diable fit son discours, puis l'ange reprit son petit air de Gluck sur la flûte. Ils en avaient fini pour aujourd'hui.

Ils redescendirent vers le centre, toujours suivis par les badauds. Ils s'enfoncèrent dans une ruelle et, créant une surprise et une déception chez leurs suiveurs, ils disparurent. La porte d'un hôtel modeste s'était refermée sur eux.

Un peu plus tard, deux hommes vêtus comme tout le monde – chemisette et blue-jeans –, déambulaient dans la ville à la recherche d'une trattoria. Çà et là, sur les murs, de petites affiches rouges annonçaient la venue à Volterra du diable et de son ange. Ils s'arrêtèrent devant plusieurs auberges pour jeter un coup d'œil au menu. C'était trop cher, d'autres fois peu engageant. Le diable reprenait sa route. L'ange manifestait sa mauvaise humeur, accusant son compagnon de ne pas savoir se décider.

– T'es vieux, t'as jamais faim. Mais moi je la saute.

Sous la dispute née de la recherche d'une trattoria affleurait une querelle plus générale.

Tandis qu'ils continuaient à parcourir les rues, deux chiens se mirent à les suivre. C'étaient deux boxers assez drôles à regarder, un vieux mâle au poil blanchi et une femelle nettement plus jeune. Des familiers de ce quartier, sans aucun doute, habitués à vivre leur vie. Un moment, tandis que le diable s'était arrêté une fois de plus devant un restaurant, les deux chiens, intéressés par l'odeur de cuisine, s'aventurèrent à l'intérieur. Ils en ressortirent bientôt, chassés par le serveur. Nullement émus, ils reprirent leur promenade. Un peu plus loin, ils croisèrent un berger allemand qui vint faire quelques politesses à la chienne. Alors le vieux boxer se fâcha. Il vint se coller contre sa compagne et, avec sa grosse tête, donna un coup de boule au berger qui n'insista pas. A partir de ce moment, vieux mari d'une femme volage, il serra la chienne de plus près.

Les deux comédiens finirent par déjeuner, mais leur dispute qui couvait depuis un moment grossit pendant le repas. Quand le diable eut demandé l'addition, l'ange n'attendit pas qu'il ait payé et il se leva.

– Où vas-tu ? dit le diable.

– Me promener. Le spectacle est fini, il n'y a plus de corde, que je sache. Tu ne prétends pas me garder attaché toute la journée !

Quand il avait inventé ce lien, la corde blanche, il y avait plusieurs années, le diable avait cru que c'était là une ingénieuse et jolie trouvaille sentimentale. D'autres échangent des bagues, des bijoux. La corde, c'était encore mieux, tout le monde était obligé de la remarquer, sans comprendre.

Le diable leva la tête vers l'ange rebelle. Malgré la beauté des traits, l'œil était trop cerné, la bouche veule.

L'ange tourna les talons et prit la porte. Qu'il était grand, et pourtant son corps semblait danser ! Le diable sentit la salive envahir sa bouche, comme s'il allait vomir. Ou bien, par une pudeur aux effets pleins de bizarrerie, la salive était-elle un substitut des larmes. Il commanda un autre café.

Une fois sorti, il ne sut plus que faire. Il fallait attendre au moins quatre heures de l'après-midi, la fin de la sieste, pour passer à l'office du tourisme toucher son cachet. Il n'avait pas envie de retourner à l'hôtel, s'étendre sur le lit, et remâcher des idées noires. Il se mit à traîner dans les rues. Il faisait plus chaud que le matin, trop chaud. Il aperçut de nouveau les deux boxers, la petite et le vieux jaloux au museau blanchi. En passant près d'eux, il leur jeta :

– Vous êtes grotesques.

Il se dit qu'au hasard des rues, il retrouverait peut-être l'ange. Mais non. Qui sait où était partie cette petite crapule ? Il avait peut-être déjà combiné un rendez-vous. Il était capable de tout.

Le diable passa devant une petite église, plutôt une chapelle, dont les portes étaient grandes ouvertes. L'intérieur était illuminé par une profusion de cierges. Un catafalque était dressé, occupant presque toute la place, et il ne restait plus que quelques chaises, de chaque côté. En attendant l'enterrement, il n'y avait personne. Fatigué, le diable entra et se laissa tomber sur une chaise. Il pensa : Je ne sens plus mes jambes.

Il se reposa. Il avait moins chaud. Il se demanda de nouveau où était l'ange. La flamme des cierges formait une mer chatoyante. Son esprit flottait à sa surface, ballotté, sans force. Il réussit quand même à s'arracher à cette fascination. Il se força à regarder autre chose que ce flamboiement, la modeste lampe à huile qui clignotait au-dessus du tabernacle. Il se sentit seul, au point qu'il se mit à parler à Dieu. Il ne savait plus depuis quand il n'avait pas prié, mais aujourd'hui, cela lui semblait naturel. Il fallait qu'il ouvrît son cœur, fût-ce à une absence.

– Pardonne-moi, dit-il. Pardon d'être ce que je suis. Et pardon d'être triste. L'ange est un mécréant. Un voyou. Il va me laisser tomber. J'en suis sûr. J'ai de l'expérience, hélas ! Des anges, j'en ai changé souvent. Ce n'est pas difficile à trouver. Il suffit qu'ils soient beaux et qu'ils jouent de la flûte. Le sexe, oui, c'est facile à trouver. Mais la tendresse, serrer quelqu'un dans ses bras... Les années passent, et le cœur s'enfonce dans une contrée toujours plus désertique. Tu crois que je viendrais te parler, si j'avais quelqu'un d'autre qui me regarde, qui daigne m'écouter, qui fît semblant de me comprendre ? Les anges, pour un peu d'argent, ils sont prêts à toutes les saloperies. Mais le plaisir n'est pas terminé que déjà ils s'ennuient. Ils voudraient être ailleurs, avec d'autres petites crapules de leur espèce. C'est une horrible humiliation, quoique je finisse par m'habituer aussi à être humilié. Je n'ai plus d'amour-propre. Mais le moment où je me retrouve seul !... Aujourd'hui, une fois de plus... Pendant bien longtemps, je me suis menti à moi-même. Je me disais que je pouvais espérer encore qu'un jour viendrait un ange différent. Celui-là comprendrait que je ne suis pas vieux, je veux dire à l'intérieur. Aujourd'hui, vois-tu, j'ai compris que ce n'est plus la peine d'attendre. Il ne me reste rien. Si, la corde...

La fiancée de Fragonard

Hier, à Bajazet, *j'ai vu du côté du consul dans les loges une femme qui ressemblait comme deux gouttes d'eau à un squelette : elle était de la blancheur d'une tête de mort bien lavée, elle était vraiment glaçante : c'est ce que j'ai jamais vu de plus fort dans ce genre-là, je la regardai beaucoup pour en garder une idée nette. Elle était bien vêtue. C'était l'horreur de la mort seule et sans aucune autre horreur.*

Stendhal
Journal, 10 floréal 1804.

– Déjà la nuit..., dit Philippe Guérin.

Viviane Moire se serra contre lui. Il continuait en lui-même à l'appeler Moire, de son nom de jeune fille. Il n'avait jamais adopté son nom de femme mariée, Santini. L'éclairage public venait de s'allumer. Les boutiques étaient illuminées, les phares des voitures faisaient luire la chaussée humide.

– Décembre..., ajouta Guérin.

Avec Viviane, inconsciemment, il en était venu à employer très peu de mots et, de plus en plus souvent, à imiter son silence.

Le couple suivait la rue de Grenelle, depuis les Invalides. Au croisement de la rue de Bourgogne, Philippe Guérin dit :

– C'est là. Sous le trottoir d'en face. Juste au coin de la rue.

Ils traversèrent. Ils regardèrent le trottoir, sous leurs pieds. Viviane sortit un papier de son sac à main et le tendit à son compagnon. Il se rapprocha de la lumière d'un réverbère pour lire :

Adrienne Lecouvreur...
N'a même pas eu la faveur
De deux cierges et d'une bière,
Et que Monsieur de Laubinière
Porta la nuit, par charité,
Ce corps autrefois si vanté,
Dans un vieux fiacre, empaqueté,
Vers le bord de notre rivière.

– Le curé de Saint-Sulpice n'a pas voulu d'elle. On l'a portée ici, avec l'intention de l'enterrer dans un chantier. Mais le chantier était fermé et ses amis, ne sachant que faire, ont écarté la borne du coin de la rue et l'ont enterrée dessous. Plus tard, on a construit cet hôtel particulier, à l'emplacement du chantier. Sous le porche, il y a toujours, je crois, une plaque qui rend hommage à Adrienne. C'était un de ses vieux soupirants qui l'avait fait poser. Il avait quatre-vingt-six ans !

Viviane leva la tête vers son guide et cligna des yeux en signe de remerciement.

– Tu es contente ?

Elle fit oui. Ils auraient voulu entrer dans l'hôtel particulier, pour voir la plaque, mais ce n'était pas possible. Le portail était fermé. Une dernière fois, Viviane regarda le sol. Philippe commenta :

– Dire qu'elle est sous ce trottoir ! Mais on n'en est pas tout à fait sûr. On a bien dû enlever ses restes, à un moment ou à un autre. Combien de Parisiens, des plus illustres, ont disparu sans laisser de trace ! Ils reposaient dans une église que l'on a détruite, dans un cimetière dont a récupéré le terrain pour percer une avenue ou bâtir des immeubles. Les ossements, quand on les a retrouvés, ont été déversés dans les catacombes.

Viviane interrogea son compagnon du regard.

– Nous irons les visiter quand tu voudras.

La jeune femme se frotta les bras en les croisant.

– Tu as froid. Allons boire quelque chose de chaud.

Ils trouvèrent un café, un peu plus loin dans la rue de Grenelle. Quand ils furent assis, face à face, Philippe Guérin s'étonna une fois de plus de ce qu'était devenue Viviane. Maigre, brune, la peau mate, presque bistre, de grands yeux noirs. Un éclat, certes, mais un éclat morbide. Où était passée la petite fille rose qu'il avait connue, quand donc au juste ? Il y avait dix ans ? Non vingt. Le temps vous joue des tours. Quand il l'avait revue, après une très longue interruption, il avait eu du mal à la reconnaître. En lui-même, il s'était exclamé : « C'est la mort ! » Son nouveau visage était effrayant et fascinant. Maintenant, il s'y était habitué, et il l'aimait telle qu'elle était, avec ce teint de malaria, accentué par le maquillage, et ces yeux bordés d'ombre, immenses.

Philippe Guérin avait été marié avec la sœur aînée de Viviane, à l'époque où celle-ci n'était encore qu'une enfant. Elles étaient trois sœurs Moire. Les deux aînées, Clotilde et Laurence, l'une brune et l'autre blonde, se suivaient de près. Viviane était beaucoup plus jeune et, comme les parents étaient morts très tôt, elle avait été élevée par ses aînées. Elle s'était mariée à vingt ans. Faute de père, c'était Philippe qui l'avait conduite à l'autel. Il la voyait encore dans sa longue robe blanche, timide, rougissant comme une pucelle. Rose et blanche, se répétait-il encore. Et à présent, sombre, noire.

Viviane était partie vivre en Côte d'Ivoire avec son mari. Assez vite, il était revenu à Philippe que les choses allaient mal dans le ménage.

Philippe Guérin commanda ce qui était la boisson habituelle de Viviane, un jus de citron chaud sans sucre. À chaque fois, il en grinçait des dents. Pour lui, un café. Il expliqua à sa compagne :

– Je ne bois pratiquement plus d'alcool. Cela me fait du mal.

Il revint sur leur petit pèlerinage :

– Pauvre Adrienne Lecouvreur ! Non seulement elle a rendu un peu de bon sens au théâtre, en cessant de débiter Racine comme une mélopée, une litanie, mais elle a su dégrossir ce reître mi-polonais, mi-suédois, Maurice de Saxe. Et Voltaire l'aimait et l'estimait. Elle était téméraire. Sa rivale auprès du maréchal de Saxe était la duchesse de Bouillon, une famille au nom lié à toutes les affaires de poison. Un jour qu'Adrienne joue *Phèdre,* elle reconnaît la duchesse dans une loge. Alors, c'est dans sa direction qu'elle lance :

... Je ne suis point de ces femmes hardies
Qui portant dans le crime une tranquille paix
Ont su se faire un front qui ne rougit jamais.

Après quoi la comédienne fit l'objet de plusieurs tentatives d'assassinat. Elle se sait condamnée, dans un monde où les grands sont au-dessus des lois. Quelle époque, où l'on ne se gênait pas pour tuer qui vous plaisait, ou plutôt qui ne vous plaisait pas !

Il ajouta, en cédant à son faible pour les mauvais calembours :

– La duchesse de Bouillon ! De bouillon d'onze heures, oui !

Il se tut brusquement. Il se trouvait stupide, sans excuse. Lancé dans le récit des malheurs d'Adrienne Lecouvreur, il avait oublié un instant que le mari de Viviane avait tenté de la tuer. Il l'avait abattue d'un coup de pistolet, avant de retourner l'arme contre lui. Il était mort, la jeune femme avait survécu. Mais, atteinte au cerveau, dans la circonvolution de Broca, elle était restée muette. Une mèche cachait désormais son front et sa tempe, à gauche. Après le drame, elle était revenue en France et s'était installée dans un village du Lot, où se trouvaient déjà des citadins reconvertis (ou convertis ?), des écologistes, des marginaux. Elle avait quelques moutons, et elle filait et tissait la laine.

– Pardonne-moi, dit Philippe Guérin. Chaque fois, avant nos promenades, je cherche de la documentation, je lis des bouquins.

La jeune muette sourit et, sans véritablement hausser les épaules, en leva une légèrement, la droite. Puis elle effaça un petit carré de buée, sur la glace, pour regarder la rue, ses lueurs, ses ténèbres. Elle griffonna, sur le petit bloc qu'elle avait toujours dans son sac, ou à portée de la main :

« J'aime la nuit. »

En somme, Viviane était une veuve. C'était une idée qui paraissait toujours étonnante à Philippe Guérin. Il se demandait pourquoi son mari avait voulu la tuer. Était-il affligé d'une jalousie de malade ? La jeune femme avait-elle été infidèle ? Avait-elle eu un amant, des amants ? S'il interrogeait son propre passé, il se souvenait de la façon brutale dont Clotilde l'avait quitté. Était-il absurde de penser que cette manière impitoyable de couper le fil était un trait de famille, commun aux trois sœurs ? En ce qui concernait Viviane, il n'avait jamais su ce qui s'était vraiment passé. À l'époque, il avait déjà divorcé, et il n'avait gardé aucune relation avec son ancienne femme, pas plus qu'avec l'autre sœur, Laurence. Viviane elle-même, il pensait qu'il ne la reverrait jamais. Mais, des années plus tard, ils s'étaient rencontrés par hasard, chez un peintre. C'était là qu'il l'avait trouvée tellement changée, méconnaissable. Et muette. Depuis, il n'avait jamais osé lui demander la vérité, sans doute par respect pour une image d'elle qu'il s'était fabriquée.

Chaque fois que Viviane faisait un voyage à Paris, elle le prévenait et lui demandait de leur organiser la visite d'un musée, d'un monument, d'un lieu qu'elle lui désignait. Au début de sa maladie, elle avait beaucoup lu, d'abord par hasard, et ensuite par goût, des ouvrages sur Paris et c'est là qu'elle avait trouvé ses idées. Fonctionnaire des Affaires étrangères ayant pris sa retraite depuis peu, Philippe Guérin disposait de tout son temps. Ils avaient commencé avec la tombe de Marie Bashkirtseff, au cimetière de Passy, étrange sépulture meublée comme un salon, en style 1880, avec des photos, des tableaux, des bustes, des meubles en rotin... Philippe s'était demandé si la muette Viviane savait que Marie Bashkirtseff avait d'abord voulu être cantatrice, mais avait perdu sa voix, à cause d'une laryngite tuberculeuse. Était-ce pour cette raison qu'elle avait voulu voir la tombe de la petite Russe ? Après, Marie Bashkirtseff avait cherché la gloire comme peintre, et l'avait finalement trouvée, de façon posthume, avec son journal intime.

Ce jour-là, Viviane avait écrit, sur son petit bloc :

« Quand je ne serai plus, faites en mon honneur un peu de spiritisme. »

Il avait demandé :

– C'est une phrase de Marie ?

Elle avait répondu oui, d'un signe de tête.

Viviane regarda sa montre et but sa dernière gorgée de citron chaud. Elle fit mine de se lever, car elle devait prendre un train en fin d'après-midi, et l'heure approchait.

– Quand reviendras-tu ? demanda Philippe.

Elle haussa les épaules en signe d'ignorance et griffonna sur son bloc :

« Cela dépend de mes moutons. »

Philippe Guérin raccompagna son ancienne petite belle-sœur à son hôtel, puis à la gare d'Austerlitz. Il monta dans le wagon avec elle, portant sa valise. Elle marqua sur son bloc :

« Tu m'écriras ? »

– Bien sûr, comme toujours.

Elle semblait perdue dans sa grosse veste de laine brute qu'elle avait tricotée elle-même. Il lui demanda :

– Tu montes toujours à cheval, là-bas ?

Elle fit un signe affirmatif. Elle écrivit ensuite un dernier mot :

« Prends bien soin de toi. »

Il l'embrassa, descendit sur le quai et gagna la sortie. Quitter une gare, après avoir accompagné quelqu'un, serre toujours un peu le cœur. Quand reviendrait Viviane ? Où voudrait-elle aller, la prochaine fois ? À quelle étrange promenade le convierait-elle ? Sur ses vieux jours, il lui semblait vivre dans un désert. Les amis, que les hasards de la vie et ceux de la mort lui avaient laissés, étaient de peu de secours. À l'âge où l'on se sent peu à peu dépossédé de tout, même de ses sentiments, il n'aimait plus rien ni personne, à part cette jeune femme au visage étrange, différente de la fillette qu'il avait plus ou moins élevée, au point qu'il était obligé de penser à elle comme à deux personnes distinctes. Ses visites, il les appelait, en lui-même, « mes rendez-vous avec la mort », mais cela ne l'empêchait pas de les attendre, de les espérer, comme les ultimes étapes sentimentales de son existence. Grâce à Viviane, les dernières années avant qu'il devînt purement et simplement un vieillard n'étaient pas entièrement privées de tendresse. À d'autres moments, la vie qu'il menait à présent lui apparaissait, selon une image faulknérienne, aussi mystérieuse qu'une tresse de cheveux sur un oreiller, dans une maison abandonnée.

Parfois, dans leurs explorations parisiennes, ils faisaient chou blanc. Les renseignements qu'ils avaient recueillis étaient faux, ou bien ils les avaient pris dans un livre trop vieux, et Paris avait changé. Ils ne réussirent jamais à trouver l'entrée du cimetière de Picpus où, depuis la Révolution, les nobles se font enterrer. Ils ne purent pénétrer dans les réserves du musée de l'Homme où dorment, dans des bocaux, des têtes de brigands chinois. Ils ne retrouvèrent pas davantage, au muséum d'Histoire naturelle, dans le jardin des Plantes, le squelette torturé du jeune Syrien Soliman-el-Ahaleby qui assassina le général Kléber, au Caire. (L'Égyptien eut la main droite brûlée, avant d'être empalé. Les os de cette main, paraît-il, ont disparu dans le feu, tandis que le bas de la colonne vertébrale a été fracturé par la pointe du pal sur lequel l'infortuné survécut pendant six heures.) Pas plus que la momie de Thaïs, la sainte, qui aurait échoué, elle aussi, au muséum, après maintes tribulations.

Ils partirent un jour à la recherche des vestiges du couvent des carmélites du faubourg Saint-Jacques. Ils avaient lu que, dans un immeuble de la rue Henri-Barbusse, se trouvait un escalier de cinquante-trois marches – pas une de plus, pas une de moins – aboutissant à un long couloir souterrain garni de pierres tombales, venant du prieuré primitif de Notre-Dame-des-Champs. Mais ce qui les intéressait surtout, c'est qu'à cet endroit s'était élevée aussi, au dix-septième siècle, une église où fut enterrée Julie d'Angennes, la précieuse, la fille de la marquise de Rambouillet, l'inspiratrice de la *Guirlande de Julie.*

– Ici, dit Philippe, Fléchier prononça l'oraison funèbre de la fille d'Arthénice, de l'éternelle fiancée de Montausier.

À vrai dire, le propos convenait mal au décor. Ils se trouvaient devant une haute maison moderne. Ils se hasardèrent dans l'entrée. Des flèches indiquaient l'ascenseur d'une part, l'escalier de l'autre. Ils ouvrirent la porte de l'escalier, descendirent un étage et se trouvèrent devant les caves bétonnées de l'immeuble. Ils remontèrent, s'aventurèrent de la même façon dans d'autres escaliers, d'autres caves, sans jamais trouver les cinquante-trois marches promises. Il y avait un jardin et une sortie sur la rue Pierre-Nicole. Ils cherchèrent dans tout le pâté de maisons et finirent par s'introduire dans le garage d'un immeuble.

– On va finir par nous prendre pour des pilleurs de caves. Jusqu'ici nous avons eu la chance de ne rencontrer personne, mais je crois qu'il faut laisser tomber.

Viviane acquiesça. Ils remontèrent la rampe du garage, en prenant un air innocent. Ils eurent un dernier regard pour ces grandes bâtisses dont les fondations avaient dû achever d'engloutir de nobles ossements, à supposer que ceux-ci aient été laissés en paix jusqu'à nos jours. Car la mort n'est même pas la dernière auberge.

– Va-t-en savoir où est là-dedans la belle Julie d'Angennes !

Viviane écrivit sur son bloc :

« Ça ne fait rien. »

Bien sûr, que cela ne faisait rien. L'important était d'avoir un prétexte pour se promener avec elle.

Entre deux voyages, les lettres de Viviane racontaient peu de chose, en fin de compte. Comme les gens qui vivent à la campagne, elle donnait une grande importance au temps, à la pluie et à la sécheresse. Il y avait parfois une soirée où les gens du pays se réunissaient, faisaient la fête, mais l'on sentait que son infirmité condamnait la jeune femme à la solitude. Elle écrivit même, une fois :

« Il y a des gens qui ont peur de moi. Je ne sais pas pourquoi. Je n'ai pas encore de canines acérées et je ne fais pas "Bouh !" au détour des couloirs. »

Le reste du temps, elle parlait des choses de la nature : « Je mâchonne mes salades super-bio. » Ou encore : « Le gel a grillé les arbres fruitiers. » Elle racontait aussi ses promenades en forêt, avec un cheval que lui prêtait un ami – quel ami ? Il y avait, à l'orée de son village, une grande forêt, traversée de superbes allées cavalières, toutes droites, sablonneuses. Autrefois, on y organisait des chasses à courre, avec meutes de chiens porcelaine, habits rouges, trompes et tout le cérémonial. Ces temps-là étaient heureusement du passé, et il n'y avait plus qu'elle, ou presque, à courir dans ces sous-bois, elle et les rares clients d'un ranch situé à l'autre extrémité de la forêt.

Chaque fois qu'elle revenait à Paris, même si des mois s'étaient écoulés, Viviane se comportait comme si elle avait vu Philippe Guérin la veille. Il s'en étonnait toujours. Elle l'embrassait rapidement, et le cours de leur vie ensemble reprenait. Mais quand elle repartait, c'était comme si l'enchantement de ses visites était rompu, comme si elle ne reviendrait plus jamais. Il ne se rassurait qu'avec la lettre annonçant une prochaine arrivée et précisant la sortie qu'elle lui demandait de préparer.

À leurs retrouvailles suivantes, ils gagnèrent le pont de Grenelle et firent une promenade dans l'île des Cygnes.

– Joli nom, expliqua Philippe Guérin. Autrefois, on l'appelait l'île Maquerelle. On y enterrait les Parisiens morts de la peste.

Ils n'y trouvèrent que des enfants qui jouaient, des chiens qu'on y menait en promenade hygiénique, quelques clochards. Par endroits, cela sentait la pisse.

Philippe Guérin avait emporté un parapluie. Viviane l'interrogea en lui montrant le ciel, qui était presque sans nuages. Il avoua :

– J'ai un peu mal à la jambe. Ça me soulage de

m'appuyer sur quelque chose. Un parapluie, c'est moins ridicule qu'une canne.

Comme elle paraissait inquiète, ou contrariée, il fit tournoyer son parapluie, tout en levant la jambe gauche et en pivotant sur le pied droit, à la Charlie Chaplin.

Déçus par l'île Maquerelle, ils prirent un taxi et allèrent voir la chapelle qui marque le lieu, près de la porte Maillot, où Ferdinand, duc d'Orléans, le fils aîné de Louis-Philippe, s'est tué en 1842, sa voiture ayant versé. En ce temps-là, qui n'est pas très ancien, le boulevard périphérique n'avait pas encore été construit et la chapelle s'élevait sur le terrain vague qui, depuis la guerre, avait remplacé Luna Park.

– Relis *Pierrot mon ami*, tu y trouveras une évocation de cette chapelle. Mais je vais te montrer quelque chose de mieux.

Philippe entraîna sa compagne jusqu'à un bistrot peint en rouge, qui portait comme enseigne :

LE RATODROME

– Tu vas voir. On y organise des courses de rats.

Mais le ratodrome était fermé. D'ailleurs sa façade était bien décrépie. Et il était impossible de voir à l'intérieur. Était-ce un jour de congé ou une fermeture définitive ?

– Je me renseignerai, promit Philippe.

Cette fois, comme la plupart des autres fois, il l'accompagna à la gare. Ces visites lui apportaient en même temps beaucoup et trop peu. Parce que la jeune femme était muette, il avait l'impression qu'elle ne pouvait rien pour lui. En fait, il pensait toujours que personne ne pouvait rien pour lui.

Au printemps, Viviane écrivit :

« Les choses fleurissent sous un ciel gris. C'est très bizarre, un peu oppressant. »

À sa visite suivante, elle trouva Philippe Guérin malade. Il gardait la chambre et se disait grippé. Elle voulut rester avec lui, mais il insista pour qu'elle ne renonçât pas à ses habituelles explorations à travers Paris. Il l'encouragea à aller voir l'église Saint-Laurent, près de la gare de l'Est. Elle abrite la tombe du bourreau Sanson, le deuxième de la dynastie, mort en 1726, et qui, par privilège, avait le droit d'être enterré sous le banc d'œuvre. Viviane ne réussit pas à la découvrir. Pour ne pas revenir bredouille, elle monta jusqu'à la rue du Télégraphe, à Belleville, où une petite pyramide signale la dernière sépulture individuelle de Paris, celle d'un très ordinaire personnage nommé Guillot, rédacteur des contributions directes, mort en 1849. Quand elle revint, Philippe, étendu sur son lit, en robe de chambre, somnolait. Il mit un moment avant de se rendre compte de la présence de Viviane. Il ouvrit les yeux et la vit qui se tenait à son chevet, un peu raide et hiératique, comme le font les apparitions dans les rêves. Une fois de plus, il fut frappé, et presque effrayé par ses immenses yeux noirs, son teint de paludéenne, accentué par un maquillage presque bistre. Elle souriait, et sa lèvre supérieure découvrait légèrement ses dents, blanches et régulières, légèrement écartées. Beaucoup de femmes, surtout les actrices, les chanteuses, gardent ainsi au repos la lèvre légèrement retroussée, découvrant leurs dents blanches, le joli alignement des incisives du haut. Leur lèvre est comme un rideau qui n'arriverait pas à s'abaisser tout à fait. C'est très beau, un peu étrange, presque effrayant.

– Je suis désolé d'être malade, murmura Philippe. La prochaine fois, nous ferons ensemble quelque chose de bien. Une grande expédition à travers Paris.

De son pays, elle écrivit :

« J'ai semé des ancolies. »

Connaissant mal les fleurs, et même pas du tout, il ne situait les ancolies que par une gravure de Dürer et par Apollinaire :

L'anémone et l'ancolie
Ont poussé dans le jardin
Où dort la mélancolie
Entre l'amour et le dédain...

Et il se disait : c'est bien de moi, sans la peinture et les livres, je ne saurais même pas que les ancolies existent. Si j'en voyais dans la nature, je ne les reconnaîtrais pas. Il chercha dans les dictionnaires et trouva seulement un renseignement qu'il s'empressa de communiquer à Viviane :

« Dans le langage des fleurs, l'ancolie est le symbole de l'adultère. »

Il ajouta :

« Te souviens-tu de notre promenade sans succès à la recherche de Julie d'Angennes ? Je n'ai pas sa célèbre guirlande sous les yeux, mais je prends le pari que l'ancolie n'y figure pas. »

La symbolique de l'ancolie ne parut pas intéresser outre mesure la jeune femme.

Son compagnon allait mieux quand elle revint, au mois de juin. Comme toujours, Viviane se comporta comme si elle l'avait vu la veille. L'air était tiède et Philippe assura qu'une sortie lui ferait du bien. Il prit son parapluie. Cette fois-là, ils remontèrent la rue de Charonne. Au coin de la rue Faidherbe, Philippe s'arrêta devant l'immense bâtiment en brique et en céramique de l'Armée du Salut pompeusement baptisé le « Palais de la Femme ». D'innombrables fenêtres, garnies de verre cathédrale, pour empêcher de voir, sans doute, invitaient à imaginer combien de centaines, de milliers de pauvres filles, avaient échoué là, pour une étape relativement clémente dans une vie de malheur. Il était difficile de trouver un lieu qui connût une plus grande accumulation de destins misérables. Mais le but de la visite n'était pas de s'attendrir devant ce monument et sa triste population. Philippe Guérin assura que le « Palais de la Femme » était érigé sur l'emplacement de la chapelle d'un couvent où avait été enterré Cyrano de Bergerac.

– D'ailleurs, j'ai vu ça quand j'étais gosse, je veux dire la pièce d'Edmond Rostand, au Grand Théâtre de Bordeaux. Je crois bien que c'était la première fois de ma vie que j'allais au théâtre. Que c'est loin ! Cyrano meurt effectivement dans un couvent, en rendant une dernière visite à Roxane. Le Couvent des Dames de la Croix. Et aujourd'hui, le « Palais de la Femme » !

Ils continuèrent leur promenade en remontant la rue de Charonne, puis la rue de Bagnolet qui la prolonge. Philippe Guérin traînait un peu la jambe, mais il assura que tout allait bien. Ils arrivèrent au cimetière de Charonne, si villageois, derrière son église. Ils voulaient y retrouver la statue de François Bègue, dit Magloire. Un vieillard tout en bronze, en habit du dix-huitième siècle, coiffé d'un tricorne, une rose nichée dans la main.

– Un fumiste. Il était peintre en bâtiments et se faisait passer pour l'ancien secrétaire de Robespierre. Parfaitement ivrogne, en plus.

Bègue, dit Magloire, s'était payé un grand espace, une sorte de terre-plein entouré de grilles, sa statue trônant exactement au milieu.

À l'autre bout du petit cimetière, il y avait une seconde statue, tout aussi insolite. Une jeune fille en pierre, dans une longue robe droite des années vingt, et un chapeau de la même époque, déjà presque un chapeau cloche. Statue représentant avec exactitude, ou symbolisant – comment savoir ? – une certaine Léone Fortin, née en 1901, morte en 1921. Quelqu'un – un farceur, un parent ou un visiteur dont l'imagination s'était enflammée ? – avait ajouté des fleurs artificielles, des œillets jaunes et rouges, au chapeau de pierre de Léone.

Du haut des marches de l'église, ils virent des motards aux blousons noirs cloutés et ornés d'écussons, rassemblés à l'entrée de la rue Saint-Blaise, devant les masures qui étaient les derniers vestiges du vieux village de Charonne. Les motards n'étaient pas plus de quatre ou cinq, mais avec des *shoppers* aux formes extravagantes, luisant de tous leurs chromes, des machines comme dans *Easy Rider*, qu'ils se faisaient admirer mutuellement. Des grands types larges d'épaules, avec des casquettes, qui imitaient les *Hell's Angels*.

La troisième étape de la grande promenade organisée à la demande de Viviane, était le Père Lachaise. Il n'y avait plus beaucoup de chemin à faire. Il suffisait de suivre la misérable rue Stendhal. Pauvre Stendhal, c'était tout ce qu'on lui avait trouvé, un coin où il n'avait sûrement jamais mis les pieds ! En parcourant Paris de la sorte, il arrivait que la jeune femme marchât devant son compagnon et, dans ces moments, il admirait toujours ses longues jambes. Il se rappelait qu'il avait connu Viviane enfant et il se disait qu'il avait vu ces jambes et ce corps s'étirer, se modeler jusqu'à devenir cette longue silhouette si féminine, attrayante malgré ou à cause de sa minceur, et sur laquelle les hommes se retournaient. Philippe Guérin dit à son amie qu'il voulait lui montrer la tombe de Victor Noir, le journaliste assassiné en 1870 par le prince Pierre Bonaparte. Elle écrivit sur son bloc :

« Pourquoi ? »

– Tu vas voir.

Un gisant de bronze représentait le journaliste en costume d'époque. Le pantalon ajusté laissait apparaître le renflement du sexe.

– Cela a donné lieu à une superstition locale. Les femmes stériles de Ménilmontant, de Belleville et des Lilas viennent toucher ce sexe pour avoir un enfant. Tu vois, à cet endroit, le bronze est brillant, presque usé, comme le pied de saint Pierre, à Rome.

Viviane frotta de la main le sexe de Victor Noir. Comme Philippe paraissait étonné, elle écrivit sur son bloc :

« Pas pour moi. Pour mes brebis. »

Ils redescendirent gaiement à travers les avenues de ce beau parc, pour gagner la sortie qui donne sur le boulevard de Ménilmontant. Viviane portait un blouson de cuir qu'elle avait laissé déboutonné et, en dessous, un chemisier noir très décolleté, mais qui ne laissait pas deviner la moindre rondeur. Maigre et plate, et cela allait bien à son étrange beauté.

A l'occasion de ses venues à Paris, Viviane allait consulter un spécialiste de neurochirurgie. On lui disait que tout espoir de recouvrer la parole n'était pas perdu. Philippe Guérin en doutait et il évitait d'évoquer le sujet avec elle.

Vers la fin de l'automne, elle passa brièvement. Elle remarqua que son vieil ami restait collé à un radiateur de chauffage central. Il lui parla un peu, puis il ferma les yeux. Quand il les rouvrit, il vit qu'elle lui tendait un papier :

« Tu es malade ? Je suis inquiète. »

– Non. J'ai un peu mal au dos. La chaleur me fait du bien. Mais nous allons sortir.

Elle s'approcha de lui pour l'embrasser. Elle avait l'habitude, en arrivant et en partant, de lui donner de légers baisers sur la bouche, à l'américaine, sans aucune signification amoureuse, juste un peu de tendresse et d'amitié. Mais, cette fois, elle omit d'avancer ses lèvres, qui restèrent légèrement retroussées, comme d'habitude. Leurs dents se heurtèrent. Elle s'écarta, fit une petite mimique d'excuse, et se mit à rire de sa maladresse. Elle avait un rire silencieux, tout à fait singulier, mais c'était un vrai rire.

Elle proposa de rester là, tranquillement. Il dit qu'il ne voulait pas renoncer à leurs promenades. Il fit un effort pour sortir.

– L'air me fera peut-être du bien.

Elle griffonna :

« L'air de Paris ! »

– Il est très bon, l'air de Paris. J'ai toujours trouvé que celui de la campagne était trop fort.

Elle hocha la tête comme s'il disait des bêtises. Ils allèrent visiter le cimetière juif de la rue de Flandre. Difficile à trouver. Caché derrière des immeubles, un garage. Un carré de terre de trente-cinq mètres sur dix qui, de 1780 à 1808, a recueilli les corps des juifs portugais. Aujourd'hui, ce minuscule jardin des morts est prisonnier des grandes tours modernes, comme au fond d'un puits. Une lumière de serre, une végétation envahissante laissant apparaître encore quelques pierres tombales. Étrange cimetière, semblable, à l'échelle d'une cour de ferme, à celui de Prague. A travers les éternelles persécutions, les incertitudes qui n'épargnent pas même les morts, ceux-là ont réussi à rester en repos, dans ce terrain oublié, trois ou quatre ares d'éternité. Jusqu'à quand ?

Sur le chemin du retour, ils passèrent devant la boutique d'un fripier qui avait sorti sur le trottoir ses portemanteaux garnis de vieilles robes. Viviane s'arrêta et se mit à fouiller dans ces nippes. C'était la mode de s'affubler de chemises, de jupons, de caracos du temps des grand-mères. Elle chercha longtemps, mais ne trouva rien. Comme ils reprenaient leur route, Philippe Guérin lui dit :

– Quand je vois un étalage comme celui-là, je ne peux m'empêcher de penser au pauvre Beethoven. Après la mort de sa mère, il vit vendre ses robes au marché. Il avait dix-sept ans alors. Son père était un pauvre ivrogne. Sa mère, il l'appelait « ma meilleure amie ». J'ai mis longtemps avant d'aimer Beethoven.

J'ai changé quand j'ai appris l'histoire des robes, comme si elle m'aidait à mieux comprendre sa musique.

Est-ce que Viviane était touchée par cette triste anecdote ? Parler à une muette, c'était souvent comme parler à un chien. Il vous écoute, il vous regarde avec ses grands yeux. C'est tout. Il y a quand même des circonstances où cela fait du bien de parler à un chien. Il redit à mi-voix :

– Beethoven...

A la fin de la journée, Viviane refusa d'être accompagnée à la gare. Elle écrivit sur un papier :

« Tu as l'air épuisé. »

Il ne trouva pas la force de la démentir. Comme elle le faisait depuis quelque temps, elle l'invita à venir chez elle, dans le Lot.

« Tu ne veux pas que je t'enlève ? »

– Pas tout de suite. Plus tard.

Un jour d'hiver, alors que Philippe Guérin avait l'impression que le froid et l'humidité du dehors avaient gagné l'intérieur de sa chair, de ses os, le téléphone sonna. Il entendit une voix si étrange que d'abord il ne la comprit pas. Il finit par reconnaître les mots :

– C'est Viviane ! Tu entends ? Viviane ! C'est moi ! Je suis guérie !... Guérie !...

C'était une drôle de voix, sourde, avec un accent indéfinissable. Autrefois, avant son accident, elle n'avait pas ce timbre-là. Mais peut-être était-ce à cause du téléphone. Il demanda à Viviane quand elle viendrait, mais elle ne savait pas. Cela dépendait de toutes sortes de choses.

Elle arriva en mars, et il fut tout intimidé quand elle

se trouva devant lui. Elle l'avait pourtant embrassé comme toujours, et maintenant, elle le regardait en silence, à la façon d'avant. Pourtant, il savait bien qu'elle n'allait pas sortir de son sac un bloc et un crayon. Enfin elle se mit à parler, et, comme au téléphone, elle avait une drôle de voix, mate, sans harmoniques, un peu rauque. Une voix qu'il ne reconnaissait pas, autant qu'il pût se souvenir. Une voix aussi différente de celle de la jeune fille à qui il avait donné le bras pour qu'elle aille dire « oui », que le corps et le visage de la jeune femme d'aujourd'hui l'étaient de l'adolescente toute rose, un peu gauche, qu'il avait vue grandir.

Elle dit :

– Tu sais, rien ne sera changé.

Une phrase comme on en prononce lorsque l'on veut rassurer quelqu'un, après un malheur.

Philippe répliqua :

– Je crois, au contraire, que beaucoup de choses vont changer. Maintenant que tu es guérie, tu vas peut-être te remarier ?

Elle rit, de sa nouvelle voix rauque.

– Je ne suis pas guérie de ma peur des hommes. Et peut-être que, de mon côté, je continue à leur faire peur.

Il ne sut que répondre. Était-il possible que, dans le drame qu'elle avait vécu, elle ait fini par se considérer comme la coupable ? Il proposa, pour célébrer le retour et la guérison de Viviane, d'aller voir quelque chose d'exceptionnel. Malgré la curiosité de la jeune femme, il ne voulut rien lui révéler.

– Cette fois, c'est moi qui ai choisi le but de la promenade. Tu n'en as même probablement jamais entendu parler.

Il la conduisit jusqu'à Maisons-Alfort, au château où, depuis le dix-huitième siècle, est installée l'École vétérinaire. Il l'entraîna sous la voûte d'un vieux bâtiment. Au premier se trouvaient une bibliothèque et un musée. Ils entrèrent dans le musée. Viviane ne put s'empêcher de pousser un cri. Ils avaient sous les yeux, disséquées, écorchées, d'anciennes préparations anatomiques, des cadavres ou des morceaux de cadavres d'hommes et d'animaux. Deux têtes d'homme, un lama, une antilope, des singes, mais aussi un bras, une jambe. Un homme brandissant une mandibule de cheval, tel Samson sa mâchoire d'âne.

Trois fœtus anatomisés se livraient à une parade macabre. Le plus petit, comme s'il était en détresse, semblait s'accrocher à la main du plus grand.

– L'auteur de ces œuvres d'art, expliqua Philippe, s'appelle Fragonard. Un cousin germain du peintre. Un anatomiste de génie, mais sans doute, chez lui, l'esthète l'emporte sur le savant. Regarde comme il est toujours soucieux de l'effet, de la mise en scène !

Fragonard, en effet, ne préparait pas de simples écorchés. Son scalpel sculptait la chair humaine et animale, dévoilant les nerfs, les muscles, les aponévroses. Travaillant certaines parties du corps en profondeur, et d'autres les effleurant à peine. Parfois grattant jusqu'à l'os. S'amusant, si l'on peut dire, à découvrir chaque tendon d'une main. Artiste ou savant, il incarne l'envers du Siècle des Lumières. Une époque où la dissection était à la mode. Où les riches amateurs se procuraient des cadavres, se montaient des collections de pièces anatomiques, telles les inquiétantes préparations de Raimondo di Sangro, prince de Sansevero, que l'on peut voir via Francesco de Sanctis, près de San Domenico, à Naples. Où le Sicilien Gaetano Zumbo exécutait d'hallucinantes compositions de cire représentant la Peste, le Triomphe du Temps, la Corruption des corps, les Effets de la syphilis, avec peut-être, sous la cire, de vrais crânes. D'un côté, Jean-Honoré Fragonard, le peintre à l'inspiration galante. Et de l'autre, Honoré Fragonard, son cousin, qui passa sa vie parmi les cadavres. L'artiste, en chacun de nous, se manifeste comme il peut.

– J'ai voulu te faire venir ici pour une seule de ses œuvres, dit Philippe Guérin.

C'étaient une cavalière et son cheval. Écorchés tous les deux. Sous les muscles déchiquetés, les veines apparaissaient en bleu, les artères en rouge, formant comme une résille colorée. Le cheval, tendu en avant, les antérieurs pliés, simulait le galop. Il semblait entraîner la femme, droite et raide dans son enveloppe de muscles desséchés, à travers une chevauchée macabre, imaginée par Dürer.

Albrecht Dürer qui savait aussi dessiner des ancolies.

La tête était légèrement rejetée en arrière, en un mouvement de retrait. Les lèvres desséchées laissant les dents découvertes, les yeux en émail agrandis par un effroi sans nom, semblaient crier leur terreur. Le cheval au galop emportait la jeune femme vers les steppes de la mort. Les lambeaux de leur chair flottaient au vent de leur course.

Viviane essaya de plaisanter :

– Elle est comme moi. Elle n'a pas beaucoup de seins.

La cavalière écorchée avait sa légende. On l'appelait parfois la fiancée de Fragonard. On racontait qu'elle avait été aimée de l'anatomiste, et qu'elle était morte de chagrin parce que ses parents s'opposaient à leur mariage. Honoré Fragonard aurait déterré le cadavre de son amante et en aurait fait cette cavalière de l'Apocalypse, une façon de la rendre immortelle.

On disait aussi que tout cela n'était que fable, et que, si l'on prenait seulement la peine de se hisser sur la pointe des pieds, on verrait que la jeune fille est en fait un garçon.

Honoré Fragonard préparait de la même façon des fœtus chevauchant des poneys. Était-ce pour donner une escorte à sa fiancée ? Ils tenaient dans les mains des rubans bleus, en guise de rênes. Goût d'une époque, ou mignardises d'un embaumeur fou.

Les visiteurs quittèrent le musée avec l'impression d'être suivis du regard par ces humains, ces animaux décharnés, tous avec des yeux d'émail écarquillés sur le néant.

– Et il s'appelait Fragonard ! dit Philippe, une fois dehors.

Tout en parcourant les allées de l'École vétérinaire, semblables aux rues intérieures d'un hôpital, il ajouta :

– Ce ne sont pas des objets. Ce sont des morts. Il ont été des personnes. Même ces animaux, ils ont été des êtres vivants. Devant une momie retrouvée il y a quatre mille ans, devant un squelette du néolithique, nous devrions avoir le même respect que devant n'importe quel cadavre. Qu'est-ce que le temps y change ? Remarque, récemment, on a rendu les honneurs militaires à Ramsès II qu'on ramenait en jet se refaire une beauté à Paris.

Viviane, elle, garda le silence pendant tout le trajet de retour. On eût dit qu'elle était redevenue muette.

Le soir, quand elle fut sur le point de repartir, Philippe Guérin lui demanda :

– Tu crois que tu reviendras ?

– Quelle question ! Pourquoi ?

– Mais quand ?

– Je ne sais pas. Tu as bien vu que je ne pouvais jamais prévoir mes voyages longtemps à l'avance.

Elle ajouta, d'une voix hésitante, cette voix mate qu'elle avait retrouvée, et à laquelle il manquait encore des harmoniques :

– Nos promenades...

– Oui ?

– ... elles ne t'ont jamais ennuyé ?

C'était la première allusion, encore bien lointaine, à leur goût commun. Est-ce que deux croyants échangent leurs impressions sur leur expérience intérieure de la foi ? Et qu'auraient-ils pu dire ? Qu'ils recherchaient ces vestiges parce que c'était encore un peu de vie ? Ou le contraire ? La vérification que tout disparu est voué à disparaître encore davantage ? Il se contenta de répondre :

– J'étais avec toi.

Il voulut absolument l'accompagner à la gare d'Austerlitz. Dans une librairie, sur le quai, il lui acheta un magazine consacré aux Beaux-Arts. Au moment où elle venait de monter dans le wagon et se retournait pour lui dire au revoir, du haut des marches, il demanda, sans attendre la réponse :

– Est-ce que je serai moi aussi un but de pèlerinage ?

Il remonta le quai vers la sortie en s'efforçant de se tenir droit, de ne pas trop courber les épaules. Il y avait un certain temps que cette question secrète lui était venue, et il pensait que, de son côté, Viviane n'avait pu s'empêcher de se la poser. Mais il valait mieux qu'elle fît partie de leurs silences, flottant dans l'espace des pensées informulées. Et aujourd'hui, il l'avait prononcée à voix haute.

Il s'aperçut qu'il avait gardé le magazine à la main et avait oublié de le donner à la voyageuse. Soudain, il eut une impression de vertige. Dans la nuit qui était tombée, les multiples lumières de la gare l'étourdissaient. Il eut peur d'avoir un malaise. Il vit l'entrée d'une salle d'attente et décida – c'était plutôt un instinct qu'une décision – d'aller s'y asseoir un moment, le temps de reprendre ses esprits. La haute porte était entrouverte, mais il eut quand même du mal à la pousser. La salle était vide. Il s'assit sur un banc, le dos raide contre le mur, les yeux fermés. Au bout d'un moment, il se demanda s'il n'avait pas dormi. Autrefois, les gares étaient pleines du halètement familier des locomotives à vapeur. Les électriques, à présent, glissaient en silence, décollaient du quai sans le moindre bruit, si ce n'était parfois une étincelle crépitant sur les caténaires. On entendait seulement un haut-parleur, annonçant les départs. Autrefois, les salles d'attente n'étaient pas vides, ni si propres. Il en avait vu débordant de pauvres gens entassés, étendus à même le sol crasseux, cherchant le sommeil pour faire passer les heures nocturnes, dans l'attente d'un convoi improbable, leur commune puanteur humaine apportant une illusion de chaud. Puis se secouant, ramassant leurs ballots, repartant vers on ne sait quelles tribulations.

Une angoisse affreuse s'empara brusquement de lui, effaçant tout autre sentiment, toute autre pensée. Une angoisse qui venait par vagues, si forte qu'il se mit à avoir peur. Il se dit qu'il fallait partir de là, bouger, s'il en avait la force. Le spectacle de la gare, de la rue, lui apporterait peut-être une diversion. Il chercha son parapluie qu'il croyait avoir à la main quand il était entré dans la salle d'attente. A présent, il n'en était plus si sûr. Était-il venu à la gare avec ou sans son parapluie ? Il essayait de se revoir, marchant près de Viviane, sur le quai. Il ne savait plus. Tout se brouillait. Et, sans le parapluie, il n'osait pas se lever. Pour détourner quand même son esprit de l'angoisse, il saisit sur le banc, près de lui, le magazine d'art qu'il avait oublié de donner à son amie, et il se mit à le feuilleter. Il s'arrêta sur une reproduction en pleine page d'un tableau du peintre russe Levitan, intitulé « Jour d'automne à Sokolniki ». Il connaissait le nom de Levitan parce que cet artiste était un des seuls amis de Tchekhov. Il y avait une anecdote à son sujet... Décidément, il oubliait tout aujourd'hui. Levitan et Tchekhov s'étaient brouillés. Pourquoi ? N'était-ce pas à propos d'une nouvelle où l'écrivain avait pris pour modèle son ami, qui était un incorrigible don juan ? Mais quelle nouvelle ? Une qui est très connue. C'est trop bête, quand des choses qui vous sont aussi familières se dérobent. Oui, se dérobent est le mot juste, c'est comme si un voleur vous les avait prises et les avait emportées. Il regardait le tableau : une longue allée toute droite dans une forêt que commence à peine à jaunir l'automne. Sur cette allée avance une jeune femme tout en noir. Il ferma de nouveau les yeux. *La Cigale* ! Le titre lui revenait. C'est l'histoire d'une femme qui ne sait pas reconnaître le mérite de son mari, un médecin trop modeste. Elle a une aventure amoureuse avec un peintre. Riabovski ! Voilà que maintenant, il se rappelait même le nom du peintre, ce personnage qui avait tellement fâché Levitan. Riabovski se lasse de la femme, au cours d'une croisière sur la Volga.

– Je ne vais pas rester ici toute la nuit...

Il se rendit compte qu'il avait parlé tout seul, presque à voix haute. Il se sentait mieux. Ses efforts, couronnés de succès, pour retrouver l'histoire de Levitan et de Tchekhov, avaient atténué son angoisse. Il ne put s'empêcher de murmurer encore, en remuant les lèvres :

– Mon parapluie...

Il se souvint qu'un instant plus tôt, il l'avait déjà cherché et qu'il avait dû le laisser à la maison. Il baissa une dernière fois les yeux sur le magazine, avant de le refermer. Ce peintre n'était pas un idiot. Il arrivait à exprimer tellement d'inexprimable, avec un simple chemin arrivant sur nous, du fin fond de la forêt ! Et cette femme en noir, solitaire, si mince, la taille haute, légèrement déhanchée... Elle passait à hauteur d'un banc des plus rustiques, deux bûches et une planche. Philippe Guérin se laissa tomber sur ce banc. C'est l'impression qu'il eut. Il regardait toujours le paysage si calme et pourtant si plein de sens et d'émotion, les nuages qui couraient dans le ciel, et qui semblaient eux aussi suivre le chemin, par-dessus le faîte des arbres. L'idée que c'était la forêt du pays de Viviane le traversa fugitivement. Il ne voyait plus la femme en noir, comme si elle l'avait déjà dépassé, en silence, sans même lui accorder un regard. Mais voici qu'il commençait à distinguer quelqu'un, un cavalier peut-être, qui arrivait de là-bas. Et bientôt le cavalier avait assez progressé, sur le chemin bordé de feuilles mortes, pour qu'il le reconnaisse. La cavalière et son cheval, et leur terrible rictus. La lady Godiva du royaume des morts. Il se posa une question, en s'étonnant de ne pas l'avoir fait lors de la visite qu'il avait rendue à la demoiselle de l'École d'Alfort, quand donc ? Il y avait longtemps. Autrefois. Peut-être y avait-il pensé et avait-il oublié ensuite qu'il y avait pensé ? Peut-être l'avait-il toujours su ? Est-ce qu'il ne trouvait pas, au plus secret de son âme – c'était la question –, une ressemblance entre la fiancée de Fragonard et Viviane ? Une ressemblance quelque part ? Au moment où il avait l'impression qu'il était sur le point de pouvoir répondre, il se sentit glisser du banc de bois, le banc dans la forêt, et il se dit qu'il allait s'étaler en travers du chemin et que c'était ennuyeux, avec ce cheval qui arrivait au galop. Il avait un bourdonnement, un souffle continu dans les oreilles et il comprit que c'était le vent de sa course. Mais voici que la cavalière et sa monture, poursuivant leur chevauchée commencée depuis tant d'années, de siècles même, passaient par-dessus lui. Leurs yeux avaient beau être agrandis par l'absence de paupières, ils ne daignaient pas le voir. Ils continuaient leur route. Ils le laissaient là. Peut-être parce qu'il n'avait pas osé dire : « Ne t'en va pas ! »

Le haut-parleur annonçait toujours d'autres départs, et chaque fois un train se mettait à glisser silencieusement. Le magazine, lui aussi, était tombé sur le plancher usé de la salle d'attente.

Composition SEP 2000 à Paris.
Impression S.E.P.C.
à Saint-Amand (Cher), 13 août 1982.
Dépôt légal : août 1982.
Numéro d'imprimeur : 1176.

ISBN 2-07-021969-0. Imprimé en France.

30707